Passione sospesa

Ai miei due uomini: P. e A.

Alina Rizzi

Passione sospesa

romanzo

PIZZO NERO
BORELLI

PIZZO NERO
Pubblicazione mensile N. 44

Direttore responsabile
Gian Franco Borelli
Registrazione Tribunale
di Modena n.1363 del
gennaio 1997

Prima edizione Novembre 2003
Tutti i diritti riservati
Stampa Graphos Edition s.r.l.
Foto di copertina: Serena Maggi

c BORELLI S.r.l.
Via Card. Morone, 21
41100 Modena – Italia
borellieditore@pizzonero.com
edtbrr@tin.it
www.pizzonero.com

PRIMA PARTE

In giro sono andata, strega posseduta
ossessa ho abitato l'aria nera, padrona della notte;
sognando malefici, ho fatto il mio mestiere
passando sulle case, luce dopo luce:
solitaria e folle, con dodici dita.
Una donna così non è una donna.
Come lei io sono stata.

Anne Sexton
(Una come lei)

Ios, 20 maggio 2002

Scrivo. Non posso farne a meno, esattamente come sei anni fa. Ma non è una cosa importante. Quando avrò finito chiuderò il quaderno e lo brucerò. Semplicemente. Non desidero avere opinioni o commenti su questa storia. Ciò che è stato riguarda soltanto me e quell'uomo. Nessun altro. Chiunque avrebbe da dire qualcosa, motivi per criticarci, per giudicare me probabilmente. Ma è troppo tardi ormai. Non siamo stati capaci di fermarci in tempo, di controllare le emozioni, di frenare le parole.

Immagino che dovrei sentirmi molto sola e affranta, ma è ancora presto.

È accaduto soltanto ieri, in fondo.

Sì, ieri è finito tutto. E oggi posso scriverne finalmente.

Con Leon non durò a lungo. Come avrebbe potuto? Non si sentiva più al centro dei miei pensieri a causa di mio marito, che pretendeva la sua parte di giochi ed emozioni. Il suo fascino perdeva smalto e non poteva sopportarlo: troppo vanesio per accettare di essere soltanto uno dei due, uno dei miei uomini.

Del resto io stessa cominciai ad annoiarmi.

Ero diventata una pedina tra due giocatori incalliti, che per emozionarsi avevano bisogno di alzare la posta continuamente. E io tra di loro come una trottola, come un pupazzetto caricato a molla.

Mi vestivo, mi pettinavo, mi truccavo per l'occasione e poi uscivamo, con Andrea o con Leon, indifferentemente verso la fine, in cerca di avventure notturne, di trasgressioni in locali bui e senza insegna luminosa.

Credevo sarebbe andato bene, credevo fosse quello che avevo sempre desiderato, ma mi sbagliavo. La passione si era presto dissolta in quel borghese accomodamento dei ruoli: marito e amante in placida convivenza. Una sera dedicata all'uno e una sera dedicata all'altro. Senza drammi e recriminazioni.

Era un progetto assurdo ovviamente, così me ne andai. Non fu difficile. I veri legami si erano dissolti tanto tempo prima.

Tornai in Italia, acquistai un piccolo appartamento in un paese della costa ligure, accettai un lavoro in una libreria e mi liberai del passato. Era ciò che andava fatto per poter ricominciare, e lo feci.

La passione come un destino: possibile? Me lo chiesi subito, quella prima volta.

Lui mi guardava in silenzio, sorridente. Attendeva un mio gesto, qualunque decisione o anche niente. Io lo sapevo. Sapevo che dipendeva da me. Per questo avevo accettato il suo invito, per mettermi alla prova e perché non so rinunciare.

Guardavo le sue belle labbra, perfettamente conscia del luogo, del tempo, della situazione. Nessun fraintendimento.

Era praticamente un estraneo, benché sapessi dove abitava, cosa faceva, chi frequentava.

Non lo conoscevo intimamente, ancora.

Non avrebbe forzato le cose, questo era evidente. Sembrava un uomo cortese e leale. Io non stavo cercando nessuno in quel momento, né storie né avventure. Ciò nonostante non seppi resistere al richiamo di quelle labbra.

Mi avvicinai e lo baciai.

Fu un segnale, non ebbe bisogno di altro. Allungò le braccia e mi attirò a sé immediatamente, facendo aderire i nostri corpi. Premette forte la bocca sulla mia e io l'aprii spinta da un desiderio puro e semplice, nato in quell'istante. Scoprii il suo sapore: mi piaceva.

Subito mi infilò le mani nei capelli, per piegarmi la testa, per godere appieno di quel bacio. L'altra mano scese lungo il mio corpo, dentro il cappotto, sfiorò il profilo dei seni, dei fianchi, delle cosce. Mi appoggiò una mano tra le gambe, respirando più in fretta sopra la mia bocca. Aveva gli occhi chiusi, mi voleva con impazienza.

Lo fermai. Tenni stretta la sua mano tra le mie, impedendogli di superare l'orlo dei collant.

Scostai le labbra dolcemente e lo guardai. Tentò di attrarmi nuovamente a sé ma non volli.

Lui mi guardò senza capire e io non tentai di negare il piacere che provavo.

– Non qui, non così – dissi soltanto.

Questo lo quietò. Mi accarezzò i capelli e sorrise. Disse che capiva, che avevo ragione io naturalmente, e di scusarlo.

Poi tornò a immergere la lingua nella mia bocca e davvero non fu facile resistere alla tentazione di assecondarlo. Quando mi scostai il cuore mi batteva in fretta, avevo la pelle umida sotto il vestito, un gran languore nel petto. Ma mi scostai.

Decisi di tornare a casa.

Non volevo altre follie.

Ho deciso di raccontare una storia. Voglio raccontare alcuni fatti avvenuti tra me e quell'uomo come fossero accaduti a qualcun altro, così da prenderne le distanze.

Voglio scrivere come ho voglia e quando ne ho voglia. Utilizzare questo quaderno per dare fondo ai dubbi, alle emozioni, ai desideri. Per dire cosa è stato, non per giustificarmi. Si tratta di una storia semplice, in fondo.

Lei potrebbe chiamarsi Agata, per esempio, e lui Saverio.

Non sono i nostri nomi reali ovviamente, ma che importanza ha?

È la vicenda di un uomo e una donna come tanti altri, della loro passione.

E potrebbe iniziare da qui.

Lei e gli uomini, che si confondono nei giorni e nella sua mente generando il desiderio, l'attesa, il dubbio.

Giovani, vecchi, bianchi, neri: quelli incontrati per caso, al bar, sulla metropolitana, in un mercato marocchino. Presi e lasciati. Persi.

Una storia o forse tante, infinitesimali.

Lei ha un uomo, tra gli altri. Con lui inventa l'amore, giorno per giorno, senza conoscere di più. Vive solo il presente, l'attimo, l'istante già esaurito.

Al domani penserà dopo, quando tutto sarà concluso. Forse.

Ecco, mi pare già di vederla. È sola, libera, con un matrimonio fallito alle spalle e un uomo da dimenticare per andare avanti.

Sorride bisbigliando.

Una fetta di torta di carote e una bibita nello stesso enorme bicchiere. Lui le sfiora il viso, la guarda, e intanto racconta storie nuove, ricordi divertenti.

Ha mal di testa. È intontita dalle parole e dalla sua presenza: autentica, prepotente, virile.

Ancora un uomo.

Questo è ciò che capita quanto non si rinuncia alla passione, evidentemente. Ciò che è capitato a me e a quell'uomo, incontrato per caso in un bar sul mare. L'uomo che ho baciato al primo incontro. L'uomo da cui sono fuggita spaventata da un desiderio violento, che credevo ormai perduto. Rivedo quella donna già intossicata di lui. Rivedo me stessa quel primo giorno.

Il sole incendia l'orizzonte per pochi istanti, prima di scivolare tra le onde. Lo osserva abbacinata, incredula, con gli occhi aperti che lacrimano feriti dalla luce. Non si muove, non respira.

Ascolta i semi schiudersi dentro la terra, l'erba crescere. È di nuovo primavera.

Ha un altro uomo.

Dentro le nuvole rossastre scorge il profilo del suo corpo. Intuisce la curva delle sue spalle, il rilievo del petto, il guizzo del ventre.

Ha fame, ha sete, vorrebbe piangere.

No, ha soltanto nostalgia di lui.

Coi polpastrelli rievoca la ruvidità del viso ombreggiato di barba. Sfiora i suoi occhi, gli zigomi, le mascelle, per ricordarlo col tatto oltre che con la vista. Per non dimenticare.

Ma è troppo presto, è ancora lì, dentro di lei.

Per questo non può muoversi o parlare o cantare o ridere. Non può fare niente, non le interessa niente.

Osserva il sole e annusa la terra, per ore, forse per giorni. Non ricorda altro del tempo che trascorre immobile, in attesa del prossimo incontro.

Incontro che avvenne in un giardino pubblico, per mia scelta. Credevo che il fatto di essere all'aperto, in uno spazio non protetto da sguardi e attenzioni, avrebbe frenato l'impazienza di entrambi. Che illusione!

Le sue mani si poggiarono sui miei fianchi ed io percepii distintamente il suo calore attraverso il tessuto della giacca. Non mi mossi. Guardavo il mare, appoggiandomi alla balaustra di cemento che si sporgeva sulle onde come la prua di una nave. Lui dietro di me avanzò impercettibilmente. Ecco, aderiva al mio corpo e ai miei desideri come un guanto. Uniti, avvinghiati, immobili: due turisti stregati dal panorama. Le sue dita fecero scorrere il tessuto leggero della gonna e l'arrotolarono. Non osai interromperlo. Non può accadere, mi ripetevo, non qui, non adesso. Le fronde sempreverdi non costituivano un riparo rassicurante.

Ora basta, protestavo interiormente.

Un istante di esitazione sarebbe stato sufficiente a far crollare quell'idillio.

Attendevo quel momento, attendevo che lui interrompesse la carezza delle labbra sul mio collo nudo, la dolce pressione delle anche.

Era così irreale averlo a quel modo, in quella luce, tra quegli odori di salsedine e resina ammorbidita dal sole del dopopranzo.

– Sì? – sussurrò contro il mio orecchio.

Volsi il capo e incontrai l'alito caldo che avevo già conosciuto, allora istintivamente mi tesi sulle punte dei piedi e cercai le sue labbra.

Sorrise baciandomi e lento, sicuro, scivolò dentro di me, avvolto da un fruscio di stoffe arruffate. Il calore mi spezzò il respiro. La sua carne liscia e tesa mi colmò con un solo gesto, come incastrandosi nel suo ideale riparo.

Mi chinai in avanti. Le mie cosce si tesero nell'impazienza. Gli andai incontro. Adattai quei lievi, impercettibili movimenti all'onda delle sue spinte.

Lo agevolai sporgendomi imprudentemente.

Sospirò e le sue dita si immersero nei miei fianchi.

Un piacere piano e denso accompagnò quel suo spasmo dentro la mia carne, improvvisamente risvegliata dal lungo torpore.

Tovaglie a quadri rossi e bianchi, sedie impagliate, un vago profumo di verdure nell'aria. La solita musica per radio.

Le offre un vino frizzante e ghiacciato, che le brucerà lo stomaco, ma non importa.

– Che ne dite di un branzino freschissimo? –

Lei alza gli occhi incerta.

– Ai ferri naturalmente –.

– E insalata mista, olio e aceto, se non sbaglio –.

Annuiscono senza neppure interrompere il discorso che si bisbigliano sopra i piatti.

La donna si allontana discreta.

Parlano mangiando, senza concedersi pause. Entra un cliente, altri se ne vanno.

– Torta di mele? L'ho scaldata, non temete – assicura posando i piatti con leggerezza.

Sì, è proprio morbida e calda di forno, come piace a loro.

È così consueta e fragile la realtà: sta tutto in una sfera di vetro quel piccolo mondo.

Lui era pericoloso, questo ormai mi era chiaro. Non prometteva trasgressioni, giochi, bizzarrie. Telefonava spesso ricordandomi quanto mi desiderava. Aveva un indirizzo e un numero di telefono. Potevo chiamarlo se ne avevo voglia.

E questo era insopportabile. Non ero abituata.

I miei uomini, in precedenza, si erano spesso resi irreperibili. Avevano vite misteriose e complesse. Mi scopavano e sparivano nel nulla.

Saverio no. Saverio c'era. Mi invitava a pranzo e mi baciava in pubblico. Un tipo per bene, si sarebbe potuto definire. Ordinario? Può darsi.

Ma allora perché mi eccitava tanto?

Perché volevo le sue dita addosso in qualunque momento?

Perché non potevo stare lontana dalla sua bocca, dalla sua pelle?

Non resistevo.

– Posso infilarti le mani nei pantaloni? –

Rideva, allargava le braccia.

La mano nei suoi pantaloni e la lingua in bocca. Godevo infinitamente.

Il casale è vecchio, di pietra. All'interno si trova la stanza, grande a sufficienza. Contro una parete troneggia l'imponente camino di marmo grezzo sopra cui, la donna che va a riordinare una volta alla settimana, sistema vecchi barattoli da marmellata colmi di fiori freschi.

Li raccoglie nel prato, strada facendo.

Li raccoglie per loro, ogni giovedì.

Di fronte al camino è stato sistemato il grande letto di ferro battuto, coperto da una trapunta a disegni minuti, bianchi e blu. E tra il camino e il letto soltanto un tappeto folto e soffice, disseminato di logori cuscini. Alle finestre sventolano tende bianche rammendate.

Nessuno conosce questo nascondiglio, a parte la donna grassa, che si cinge la vita con pratici grembiuli scuri. Ma lei non parla, accetta senza far commenti l'assegno che lui le porge e scocca attorno un'occhiata nostalgica.

– Arrivederci signorina – sussurra abbassando il capo, poi chiudendosi la porta alle spalle.

Li lascia soli.

Sa che sono impazienti, conosce le loro abitudini. Forse le interpreta nelle lenzuola arruffate, macchiate, strappate. Oppure nei loro occhi.

Sa che fanno l'amore con le finestre spalancate sulla campagna, oppure con le persiane socchiuse, per filtrare la luce abbagliante del primo pomeriggio. Sa che il canto dei pettirossi non copre i loro sospiri.

Se c'è vento, invece, si stendono davanti al camino acceso per amarsi cullati dal crepitio delle fiamme. Qualche giorno dopo la donna spazza la cenere dal pavimento e prepara nuovi ciocchi sulle braci raffreddate.

Nella stanza il tempo cola lento tra le loro gambe: può immaginarlo. Per questo si allontana in silenzio, senza voltarsi. Loro non hanno bisogno di altro, non ora.

Scuote la testa guardando lontano. Si può vivere d'i-stanti. Si può farne una storia.

La mia storia con Saverio è esplosa in una frazione di secondo. Prima ero una donna sola e delusa. Rassegnata.

Un istante dopo il vortice delle emozioni mi ha riportata in vita.

Non potevo prevederne il seguito. Non si può mai.

L'uomo è una malattia dentro di lei – la starà pensando? –

Per dimenticare fa l'amore con un altro.

Crede di essere convincente mentre cerca di protrarre la magia fingendo che siano quelle braccia a stringerla, quelle mani a sfiorarla.

Si sposta tra due letti a distanza di quattro ore e ripete gli stessi gesti, le stesse parole, gli stessi sospiri. Una bocca si posa dove è già stata baciata a lungo, altri polpastrelli sfiorano i morsi che ha lasciato lui, prima.

Non li distingue più.

Se il tempo non esistesse sarebbero entrambi dentro di lei e l'amore l'unica dimensione possibile.

Chiude gli occhi e i due profili sfumano l'uno nell'altro, si confondono e si annullano.

È stato un errore. Ho cercato di sostituire un uomo con un altro: non funziona mai. Non è così che si soffoca la passione. Non è così che si fugge da un sentimento.

– Non me la sento, mi spaventi – dicevo a Saverio.

Lui non voleva intendere ragioni. Mi scuoteva per le spalle. Gridava: perché?

Non sapevo cosa rispondere. Avrei potuto dire: perché ho sofferto abbastanza per un altro uomo. Perché ho paura di quel dolore.

Sapevo cosa avrebbe risposto: che lui era diverso. Lo era, infatti.

Ma la paura era ancora lì.

Mi spinse sul letto e mi coprì di baci voraci. Aprì il vestito, si tuffò tra i seni, scese lungo il ventre.

– Cosa devo fare? – chiese, senza staccare le labbra dalla mia pelle.

Niente, non dipendeva da lui.

Sfilò la gonna, le calze e gli slip con un unico gesto. Mi allargò le gambe, per tuffare il viso in mezzo alle cosce, lì dove si dividono come fiumi candidi. Leccò cercando consolazione.

Io non sapevo più per cosa stavo protestando.

Sollevai la testa e lo guardai immerso tra le pieghe del mio sesso, divorarmi estasiato, spingere la lingua con l'ansia di arrivarmi al cuore, di avermi interamente.

Non riuscii a resistere un istante di più: afferrai il suo capo e sollevai le gambe.

La magia si rinnovò senza sbavature.

La sua bocca mi liberò di ogni dubbio, il piacere mi sciolse in rivoli densi.

– Vieni adesso, vieni da me... –

Ecco come mi trovò, come mi riempì.

Scosse la testa, perso, senza fiato, incredulo.

Ecco come quella gioia calda e appagante mi si depositò dentro.

Risalgono le scale polverose, invase da calcinacci e travi, mentre li avvolge un silenzio carico di scricchiolii sospetti tra i quali, teme, identificheranno presto il battito sordo del suo cuore.

Da bambina aveva nutrito la stessa curiosità per gli stabili abbandonati. Allora però, lei stessa apriva la strada tra i muri pericolanti, distruggendo ragnatele e verificando la profondità dei pozzi abbandonati, voragini buie e strette in cui gettava pietre che non raggiungevano mai il fondo.

Ora, invece, è lui a condurla, a ripararla dal tetto sconnesso in cui si aprono squarci di cielo, a tenerle la mano mentre percorrono usurati gradini poco avvezzi ai tacchi alti.

D'improvviso uno schianto li fa sobbalzare, uno sbuffo di polvere e si ritrova aggrappata alla sua giacca col cuore in tumulto.

Lui la stringe con forza, cerca i suoi occhi.

Scivolano nella passione gemendo, mentre l'ansia di percepirsi più profondamente li travolge e li ammutolisce. Un'aria gelida prorompe dalle finestre senza vetri, dalle porte scardinate, ma finalmente non ci sono più sguardi indiscreti ad imporre il decoro degli abiti. Si libera in fretta del cappotto e della giacca. Le mani di lui sono artigli da cui si lascerebbe dilaniare. La sua energia è contagiosa e dissolve i contorni delle cose, il luogo e il clima. Solo lui è reale. Solo la sua smania, la sua impazienza e quel desiderio inesauribile. Urla quando le morde la gola e anche quando i suoi baci cominciano ad avere il gusto del sangue, ma non lo allontana. Vuole che la divori sì, che senta il sapore della sua carne.

I profili dei loro corpi sono una barriera ingiusta, odioso ostacolo all'avidità che li accomuna. Eppure lei sa che

nessun mezzo, che nessuna angolazione potrà farlo adden-
trare più profondamente. Nulla più di un sussurro, di un
sospiro che gli sfugge tra i denti.

– Amore... –

La nostalgia ha un gusto amaro, che riconosce subito,
ancora prima che l'uomo scivoli in lei così come aveva
sperato, tanto profondamente che non se ne andrà senza
lasciare un vuoto doloroso.

Eppure chiude gli occhi e lo accoglie: ancora una volta
correrà il rischio.

Fuggii da lui come impazzita, attratta e spaventata come una falena dentro un lampadario di cristallo. Non volevo cedere a quel desiderio, non potevo permettermelo.

Ero ancora coperta di invisibili cicatrici, quelle che mi aveva lasciato addosso Leon.

Mi buttai a capofitto in situazioni assurde, più immaginate che vissute. Volevo godere e restarne immune. Volevo perdermi in un piacere asettico e indolore, con chi non aveva alcuna importanza, purché servisse a liberarmi dal pensiero di quell'uomo.

Mezzogiorno. Dietro le vetrate a specchio di un moderno edificio fluttua leggera dentro un vestito da sera d'altri tempi, nero come sempre. Lo scialle le cade dalle spalle sfiorandole i polsi sottili. Fuma, trattenendo la sigaretta tra le labbra corrugate, dipinte di rosso, intanto fa ondeggiare il piede in una scarpa anni trenta, coi cinturini.

Ogni tanto si alza e va a rispondere al telefono, ride sguaiatamente, poi torna seduta e seria. Osserva o sospira.

Le pesanti collane la annoiano, così come la ciocca di capelli sfuggita da una forcina. Non è veramente elegante e neppure ben pettinata ma pare bellissima, d'una bellezza già consunta, da vedova.

In silenzio ascolta ciò che Agata sta leggendo, poi commenta con pudica ammirazione: – Sei bravissima, come fai? –

Lei non risponde ma vorrebbe possedere la sua distratta spontaneità e quello sguardo ingenuo e vuoto quando spalanca gli occhi stupita, oppure piega il corpo lungo e flessuoso per ridere.

Ma non glielo confesserà mai, neppure quando le sue

braccia le circonderanno le spalle e le sue dita nervose le sfioreranno le gambe.

Neppure quando imparerà a riconoscere il suo profumo nei corridoi e a rievocarlo la sera.

Francesca era impiegata negli uffici di un grosso distri-
butore librario. La incontravo una volta ogni quindici giorni: mentre facevo i miei acquisti lei compilava i documenti. Poi restavamo lì a fissarci in silenzio, senza più nulla da
dire o da fare, soltanto attratte, affascinate. Lei così esile,
alta, scura, flessuosa. Io tutto il contrario. Diceva: "quanto
sei bella" con sincera ammirazione. Mi sfiorava con natu-
ralezza.

"Mi piace questa giacca" sussurrava. Poi prendeva in
mano la mia collana e restava lì a fissarla, accarezzando-
mi la pelle col dorso della mano.

Non mi feci domande. Non me ne importava niente di
sapere cosa cercava in me. Io stessa non avrei saputo
rispondere se me lo avesse chiesto.

Ciò che sapevo, a livello profondo, istintuale, era che
desideravo quelle mani leggere e delicate, che ero incuriosita, che tra ritrarmi e azzardare, come sempre, avrei scel-
to la seconda possibilità.

Lei sorrise: era tutto chiaro, già stabilito. Mi sfilò la
giacca e la depose sulla sedia.

Poi mi sbottonò il vestito, un'asola alla volta, guardandomi negli occhi. Appoggiò anche l'abito. Col palmo della
mano sfiorò la mia pelle: il collo, i seni, il ventre. Scese
fino alle cosce, al sedere. Il suo calore si trasferiva al mio
corpo, incendiandolo centimetro dopo centimetro. La sua
lentezza serena non faceva che accrescere la mia impazienza. Allungai le mani per spogliarla. Lei approvò con
un sospiro.

L'abito scivolò a terra, insieme alla sottoveste che le
copriva i piccoli seni appuntiti. Mi abbracciò, smaniosa di
saggiare il mio corpo con la punta della lingua.
Scivolammo insieme sul tappeto. Io sopra di lei, a caval-
cioni delle sue cosce nervose, con le dita affondate nei lun-

ghi capelli e la bocca avida di baci sempre più profondi. Mi abbassò gli slip e infilò la mano tra i nostri corpi uniti. Le sue dita scivolarono dentro di me senza incontrare resistenza. La sentii sospirare, ancorandosi al mio ventre. L'eccitazione era tale che non avevamo bisogno di altro. Cullandoci una sull'altra percepimmo il desiderio lievitare come una marea, inturgidire i seni, liberare le anche, tendere i muscoli delle gambe e della schiena. Vibravo sopra di lei come un arco di violino, con la pelle bruciante dove si congiungeva alla sua, accogliendo le lunghe dita, affondando la lingua. La danza divenne frenetica, regolata da un ritmo profondo, da un canto tribale dentro le vene.

Poi lei gridò, come un felino braccato, mentre il piacere si liquefava tra le nostre cosce avvinghiate.

Si china per sfiorare con le labbra la sua pelle candida: è così morbida e levigata, forse troppo. Percorre il suo corpo annusandola piano, ascoltandone il respiro. La bacia intimorita. Sperimenta.

Ma ecco che due solide mani le afferrano i fianchi, lottano con gli strati di tessuto, poi gettano l'involto stropicciato lontano sul pavimento.

Subito Agata riconosce quel calore, quel ritmo, anche se lui le è alle spalle, non può vederlo.

Lo lascia fare con gli occhi chiusi, rapita, finché non si accorge che si è già scostato. Ora è steso accanto all'altra donna, la sfiora con le labbra.

Lei ha un fremito. Nasconde il viso per non vedere ma non sa resistere: singhiozza all'improvviso tra quelle carni accoglienti, serrando le labbra per non fare rumore, per trattenersi. Ma è inutile: l'altra ha sentito. Infatti allontana l'uomo con dolcezza e le tende le braccia, l'attira contro di sé. La stringe e la culla contro il petto. Poi afferra il lenzuolo e ricopre i loro volti uniti, escludendo con l'intruso tutti i dubbi in sospeso.

Non so dire perché lo feci. Volli dare Francesca al mio amante per dimostrarmi ancora impavida e trasgressiva come anni addietro. Volli dimostrare a me stessa che potevo farlo, che sapevo ancora giocare a quel modo. Ma Francesca capì che stavo barando, che il piacere era avvelenato dalla gelosia e allontanò l'uomo da sé.

Mi confortò tra le sue braccia accoglienti, senza bisogno di alcun discorso, mentre lui, così diverso da Leon, attendeva nell'altra stanza fumando nervosamente. Avrei voluto, dopo, fornirgli una spiegazione accettabile, dire che ero stata una sciocca a trascinarlo in quel gioco, ma non mi diede modo di parlare. Mi baciò con passione, poi abbracciò Francesca. Ci sorrise. Disse che eravamo sirene tentatrici.

– Ma non voglio rovinare niente – precisò prima di andarsene.

Noi restammo lì a guardarci un po' smarrite, frastornate dalla ridda di emozioni che ci formicolavano sotto la pelle.

– Non lasciartelo scappare – sussurrò Francesca.

Stappammo una bottiglia di vino e le inquietudini si dissolsero.

La accoglie sulla soglia con un sorriso cordiale, la fa accomodare nel suo ufficio sobrio e ordinato. È trascorso del tempo: due settimane, forse di più.

Si scambiano qualche formale convenevole, banalità di circostanza.

Lei aveva dimenticato il colore dei suoi occhi, ma riconosce l'attaccatura dei capelli, la curva sfuggente del mento, il disegno delle labbra.

Le chiede notizie e lei non sa rispondere: perché è tornata a cercarlo?

Inventa dunque, poi ascolta il suono della sua voce con attenzione, le parole non la interessano.

Squilla il telefono. Lui risponde di slancio, saluta qualcuno con entusiasmo, sorride. Lei attende. Osserva la sua mano che stringe il microfono e vorrebbe che tornasse a stringere lei. Vorrebbe che le sue dita le sfiorassero le labbra, vorrebbe le sue dita come giorni addietro. Ma non glielo dirà.

È testarda, orgogliosa, ostinata.

Lui chiude la comunicazione, archivia in fretta alcuni documenti. Bene. Forse non hanno già più nulla da dirsi. Forse lui ne ha avuto abbastanza delle sue incertezze.

Si alza e l'uomo la segue. Galantemente l'aiuta a infilarsi il cappotto. Si avviano insieme verso la porta, lui sta dietro, senza parlare.

Le tende la mano e lei l'afferra, solleva gli occhi, esita un istante soltanto. Sì, un istante. Ma sufficiente.

Le labbra si precipitano. Dov'è finita ora la sua noncuranza, il suo distacco, la sua ostentata disinvoltura? Il calore di quel corpo risveglia in lei una sensibilità assopita. Di nuovo percepisce i colori, i suoni, i profumi, i palpiti.

Il soprabito scivola a terra, lo calpestano incuranti. Lei ride adesso: non avrebbero mai dovuto perdere tanto tempo in chiacchiere. Gli sbottona la camicia e lui la imita, con urgenza dolorosa. Nelle tempie e nei polsi un battito sordo, un rintocco siderale.

Si aggrappa alle sue spalle per non scivolare a terra, lui l'afferra in tempo. Il pavimento è gelato, ma sarebbe troppo faticoso andare in cerca di un luogo più appropriato. E poi le basta quello sguardo: è il suo oppio, la sua droga. Lui guarisce ogni paura, quieta le sue ansie, i suoi timori. Allontana i dubbi, spiana soprassalti e ripensamenti. Lo sente inesauribile, si scopre infinita.

Accetta l'invasione di quella forza, si lascia contagiare dalla sua febbre.

Lo guarda ancora e lo riconosce, adesso. Può farsi amare.

Primo giorno di primavera.

Cercavamo le nuvole molli e ridondanti, i cipressi appuntiti e ordinati, i girasoli pesanti. Cercavamo la luce accecante e senza ombre, la forza del mistral che curva i tronchi, quel cielo che si liquefa nel primo pomeriggio. Cercavamo i colori che incendiano la tela, che sfumano nella calura.

La Provenza era lontana.

Eppure, mentre lui si muoveva e avanzava, mentre gemeva sul mio corpo abbandonato sotto il sole, mentre si accasciava sfinito togliendomi il respiro, chiusi gli occhi e intuii una luce più pura: dentro di noi, sfiorati da un vento soltanto primaverile, ritrovai la quiete di Sainte-Victoire, e la forza di un sogno.

Poco importa se durò un giorno soltanto.

Abbandonammo la campagna già sbiadita dalle prime ombre del crepuscolo per imboccare l' autostrada.

Cezanne taceva.

Ancora sangue, come non volesse più arrestarsi. Scuro, denso, appiccicoso. Una marea di sangue che se ne va, scivolando sulla porcellana bianca e disinfettata, portando con sé ogni paura e ogni speranza.

A lungo lei ha atteso il momento in cui quella linfa vitale sarebbe defluita dal suo corpo, finalmente, allontanando la paura di un incauto errore. Eppure ha voglia di piangere e probabilmente lo farà.

Osserva una sconosciuta dentro le piastrelle lucide del bagno: grosse lacrime composte e silenziose le percorrono il volto attonito. Si riconosce a stento, come fosse anestetizzata. In realtà il dolore è ancora lì e si fa via via più prepotente e ingiusto. Non lo comprende e tanta ottusità la sgomenta: è soltanto sangue! Il suo sangue superfluo, opprimente, persino banale.

Ogni donna perde sangue. Ogni donna ha del sangue da versare con cadenza mensile, mentre abbraccia un ventre inutilmente gonfio, mentre culla l'istinto frustrato che defluisce caldo e inarrestabile. È normale.

Infatti ha già smesso di piangere e come una mocciosa si pulisce il naso gocciolante col dorso della mano. Che sofferenza inutile e irragionevole!

Si alza per cercare un tampone e intanto pensa che sarebbe più facile se potesse, allo stesso modo, rimediare anche alla ferita che ha nel petto, da qualche parte. Chissà se il cotone assorbirebbe anche quel dolore.

Si scopre debole e fragile: una donna da compatire.

Questa sera i suoi discorsi lo annoieranno.

La passione mette in pericolo. La passione è governata da leggi imprevedibili.

L'illusione di poterla controllare dura una frazione di secondo. È subito troppo tardi. Per questo mi imposi un severo autocontrollo. Decisi di dimenticare la tenerezza e badare solo al rituale, prevedibile e ripetitivo. Decisi di cancellare la dolcezza delle sue mani sul mio volto, che mi tenevano stretta a lui, delle sue labbra sulla mia fronte, dei suoi bisbigli. Confusi la gioia di un'emozione imprevista con la solita farsa di improbabili fughe dalla realtà, circondate di frasi intense ma già ascoltate. Perché era giusto così.

Ci saremmo ritrovati come estranei, cortesi e lontani, rivendicando il diritto di vivere storie staccate dalle giornate sempre uguali e dalla vita vera, saggiamente contenute entro i limiti previsti, quasi preconfezionate. L'avrei cercato con compostezza e rigore, recitando il ruolo che ben conoscevo, delineandolo in orari accettabili. E ancora avremmo consumato una poesia non troppo impegnativa, retorica ma innocua, per non sentirci in dovere di giustificare qualcosa che non lascia tracce e può facilmente essere rimosso. Decisi che saremmo stati forti e bugiardi e la nostra sterilità non avrebbe creato squilibri.

Questo era il mio progetto.

Ma la vita se ne infischia dei nostri buoni propositi.

– Voglio stare con te – disse, senza alcuna esitazione nella voce.

– No – gli risposi.

Mi prese per le spalle e mi tenne inchiodata sul divano, di fronte a lui.

– Dimmi perché – insistette.

Mi dimenai sentendomi in trappola. Sviai il suo sguardo.

– Perché non è possibile, semplicemente – ripetei, come altre volte.

– Sono sola e resterò sola. –

– Non mi ami? –

Che razza di domanda. Come spiegargli che era un particolare senza importanza?

Mi prese il viso e mi obbligò a guardarlo.

– Rispondimi sinceramente. –

Per l'ennesima volta tentai di elencare le mie ragioni. Dissi che avevo un matrimonio fallito alle spalle, che avevo avuto un altro uomo, Leon, per cui avevo fatto pazzie. Ma che anche con quell'uomo era finita miseramente. Dissi che non avevo più alcuna intenzione di affidarmi a sentimenti volubili e ingannatori come l'amore, la passione, il desiderio. Potevo farmi bastare molto meno.

Lui rimase in silenzio, stringeva le labbra: non era d'accordo ovviamente.

Allungò una mano e me l'appoggiò sul seno.

– Sei sicura? – mi chiese.

Le mie sicurezze vanno e vengono, avrei dovuto confessargli, ma rimasi zitta.

Mi sbottonò la camicetta, ne aprì i risvolti e rimase immobile a fissarmi. Guardava i miei seni nudi con quella luce di incontenibile passione che ben conoscevo, ma nello stesso tempo mi sfidava a fare una scelta.

Io non mi mossi.

Abbassò il viso e senza sfiorarmi neppure con un dito, incollò la bocca a un capezzolo. Succhiò, delicatamente, finché la punta non si irrigidì sotto la sua lingua. Allora si scansò di nuovo.

Tremavo, il sangue correva veloce nel mio corpo, sentivo i muscoli tendersi, le mucose inumidirsi. Mi morsi le labbra: non volevo che si accorgesse di quella subitanea eccitazione, non volevo che mi sentisse respirare più in fretta.

Mi sollevò la gonna, scoprendo le cosce. Io non mi opposi. Chi avrebbe ceduto per primo?

Allora mi spinse giù sui cuscini e quasi con rabbia mi strappò via gli slip. Chiusi istintivamente le gambe, ma lui fu più rapido e deciso: me le aprì di nuovo e me le tenne così, immobili. Quando fu certo che l'avrei lasciato fare si tirò indietro.

Lui seduto da una parte e io sdraiata dall'altra. Lui tutto vestito a fissarmi in silenzio, io con la camicia slacciata e senza mutande, con le gambe aperte, un dolore martellante alle tempie. Tutto accadeva dentro, tra le ossa e i muscoli, nei ventricoli del cuore, in gran segreto.

Percepii distintamente il calore liquido che mi scivolava lungo le cosce, il desiderio che fluiva inarrestabile. Nei suoi occhi lessi un guizzo di soddisfazione. Sapeva farmi smaniare senza compiere un gesto di più, senza toccarmi, senza baciarmi. Sapeva accendermi con uno sguardo.

Poi quel lampo di soddisfazione si trasformò in un'esigenza prepotente. Il sorriso si smorzò, le iridi si fecero più cupe. Notai il rigonfio dentro i pantaloni e mi accorsi che era impaziente quanto me, piegato dallo stesso bisogno.

– Ora basta – sussurrai.

Mi sporsi nella sua direzione e con le dita tremanti gli

slacciai i pantaloni. Accostai le labbra come a una fonte.

– Credevo non ne avessi bisogno – disse infilandomi le dita in bocca, trattenendomi.

Lo fissai, come per incenerirlo.

Lui mi spinse tre dita in gola. Strinsi le labbra e gliele succhiai fino alle nocche.

Gli sfuggì un gemito mentre il suo sesso si tendeva nel vuoto.

Era lì, bastava che lui ritraesse la mano. Bastava che io spostassi appena la testa. Che sfida assurda e snervante!

Chiusi gli occhi e appoggiai la guancia al suo ventre. Respirai il suo odore, mi avviluppai nel suo calore, godendo di quell'intimo contatto. Allora la sua presa si addolcì, le mani si aggrapparono al mio capo e lo condussero senza più resistenze. Aprii la bocca e diedi ad entrambi ciò che andavamo cercando.

Osservavo il tuo corpo mentre non mi vedevi. Ti sbirciavo di sottecchi quando ti muovevi, ti piegavi, ti allungavi per afferrare un oggetto o semplicemente per sgranchirti le gambe troppe lunghe e ingombranti.

– Sei bello – sussurravo. E tu ridevi scuotendo la testa.

Allora io ti spiegavo l'opera del tuo corpo, indicandotene la geografia con la punta di un dito.

Ti sfioravo la fronte spaziosa e con l'indice ricamavo le sottili rughe che l'attraversavano. Disegnavo gli occhi e avrei voluto che ci fosse un modo per rappresentarne il colore, trasparente e intenso, senza utilizzare triti paragoni.

Salivo sul promontorio degli zigomi e mi tuffavo verso le labbra. Il mio polpastrello ne modellava i contorni precisi, morbidi, eccitanti.

Amavo la tua bocca e la desideravo, ma continuavo la lezione, sorpassando il collo lungo e solido per sfiorarti il petto. Ti ritraevi istintivamente, come fosse poco virile provare piacere in questo punto. Io ridevo e passavo oltre.

Ti accarezzavo i fianchi con i palmi aperti, le cosce muscolose. Risalivo dall'interno verso il ventre. Avrei voluto dormire sulla tua pancia, leccarti l'ombelico, succhiarti tra le pieghe dell'inguine. E poi avere il resto, per completare l'opera.

– Ecco, ora assecondami e mettiti di profilo – dicevo.

– Fammelo guardare da vicino. È un signore arrogante, spavaldo, orgoglioso, quello che ti abita nei pantaloni. Non china la testa, non si piega. E se lo stuzzico freme ma resiste. È il più forte, conosce le mie debolezze. Sa piegarmi per farsi adorare. Poi d'improvviso si sporge e curioso mi sfiora il viso, le labbra. Osserva, annusa, sonda la dolcezza delle mie mucose. Si apre un varco con impazienza e senza più esitare si tuffa nell'antro tiepido che gli riserva la mia gola. Eccolo qui. –

Lo riconoscevo ad occhi chiusi quando mi svegliava la mattina.

Lo chiamavo come fosse un ospite, un essere indipendente, staccato da te.

– Mi appartiene: l'amore me l'ha dato – pontificavo esaltata.

– Me lo invidi! – ridacchiavi tu, tronfio e vanitoso.

Oh no di certo, non ti invidiavo quel "coso" bizzarro e prepotente.

Ma lo desideravo senz'altro, perché mi completava e mi saziava.

Perché mi colmava e mi quietava.

– Perché sei il mio uomo – osavo sussurrare.

Inconsapevole come gli altri, avrei potuto aggiungere, ma lo tenevo per me.

Quegli "altri" che, tra altro, io continuavo a guardare, a desiderare.

Non avrei saputo spiegarne la vera ragione, benché avessi una teoria, comune a quella di molte altre donne, secondo la quale le attenzioni di un nuovo amante, il desiderio risvegliato, l'eccitazione profonda e condivisa, portano spesso ad un allargamento dei bisogni. Come dire: stai così bene che ne vorresti di più e ancora. Allora gli altri uomini, tutti gli uomini, diventano delle prede appetibili. Il piacere di sedurre cresce e diviene irresistibile. Si fantastica su qualunque maschio si incontri, si ipotizzano incontri fugaci, appuntamenti al buio, gesti rapinosi. Si mette in moto la fantasia, si gioca con chiunque, spesso a sua insaputa, trasformandolo nel personaggio di un'avventura.

Era quello che facevo io ogni volta che andavo in città per lavoro, non sapendo mai fin dove mi sarei spinta e se ad un certo punto le fantasticherie sarebbero sconfinate nella realtà.

Apre una rivista sulle ginocchia accostate e sfoglia le pagine distrattamente. Titoli, proposte, fotografie, concorsi, illustrazioni. Non vede niente. Due africani, seduti proprio di fronte a lei, osservano in silenzio le sue gambe scoperte. Hanno braccia forti sotto le maniche di camicia arrotolate, nere come la notte, e denti bianchissimi tra le labbra dischiuse. Alza gli occhi e affronta il loro sguardo, ma soltanto per un attimo, poi riabbassa la testa e percorre le pagine più in fretta.

Si accorge che hanno anche grandi narici che fremono impercettibilmente, come quelle di un animale che fiuta l'odore denso e pungente del sesso appena consumato, l'odore che lei si porta addosso.

Fa troppo caldo. Raccoglie i lunghi capelli con le mani, in cerca di refrigerio, di un alito d'aria, ma attraverso i finestrini abbassati la investe l'afa catramosa del tunnel metropolitano. Respira in fretta: lo sguardo dei due uomini la inchioda al suo posto. Stanno tamburellando le dita sulle ginocchia piegate: dita impreziosite da unghie lunghe e bombate, lucide come brillanti. Dita che si agitano instancabili, come dotate di vita propria, che si alzano e si abbassano inseguendo un ritmo frenetico e sconosciuto. Sono totalmente nere, lontanissime dal pallore delle sue ginocchia. Osserva stregata: la pelle bianca e le dita nere. Le gambe lisce e le mani forti. E i gesti frenetici di una danza antica, lontana...

Annaspa nel profumo dolce e speziato di un affollato bazar. I capelli incollati alla nuca, il sudore oleoso che le percorre i fianchi in gocce dense e lentissime. Istanbul alle cinque del pomeriggio.

Qualcuno getta della frutta marcia sopra un cumulo di immondizie. Il ronzio delle mosche è un sottofondo ipnotico. I vicoli sono decisamente troppo stretti, opprimenti,

*disseminati di bimbi dagli occhi bui, che osservano guar-
dinghi e sospettosi. Dietro le finestre distingue occhiate
voraci, un frusciare di veli. Si volta ed è sola. Poi quelle
mani nere, rapide come artigli...*

*Non osa squarciare il silenzio con un grido. Evita fra-
stornata il rigagnolo che incornicia la strada, trascinando
con sé i liquami di tutta la città vecchia. In un angolo uno
spiedo incustodito su cui arrostisce un grasso rotolo di
montone al cumino. Particolari. Intanto osserva il proprio
corpo invaso da un inchiostro scuro e denso. Il respiro di
un animale braccato le esplode nelle orecchie, le brucia in
gola: è il suo? Il caldo è paralizzante. La seta viscida le
scivola via dal corpo come la pelle di un rettile che si rin-
nova. Non c'è più nulla che può proteggerla dalla rugosità
del muro alle sue spalle, risvegliandole la pelle nuda della
schiena. Stringe le gambe, asseconda coi fianchi il ritmo
di quella danza tribale: è stato così facile imparare! Due
piccoli occhi spiano dal buio, ardenti come braci e annuiscono soddisfatti: dicono che lei è una buona ballerina.
Dicono che ci sono molte altre cose, ma lei non sa niente:
nella testa il canto del muezzin che annuncia i riti della
sera...*

*Chiude la rivista di scatto e i due africani le fanno un
cenno d'intesa, che non ricambia. Ha le cosce appiccicco-
se, la biancheria umida, la gonna sgualcita. Scende alla
prima fermata in cerca d'aria fresca.*

– Prendiamo un te? – mi domandò, gettando una rapida
occhiata all'orologio sulla parete.

Io lo guardai fingendomi scandalizzata.

– Un te alle cinque del pomeriggio, come degli inglesi? –
E senza aspettare la sua risposta ordinai un paio di whi-

skey al cameriere che attendeva incuriosito.

– A noi, incalliti perdigiorno – brindammo, attirando occhiate di disapprovazione.

Un'ora dopo, a casa di lui, ricominciammo.

– Beviamo adesso – gli proposi, prendendo personalmente ghiaccio e bicchieri.

Quindi feci scorrere il Glen Grant sui cubetti incastrati nel calice impolverato, finché non raggiunse l'orlo, poi glielo porsi e ne preparai subito un altro per me.

Lui non protestò.

– Un'ubriacona… – commentò divertito.

– Chi l'avrebbe sospettato? –

Alzai le spalle e lo raggiunsi sulla poltrona. Mi accoccolai nel suo grembo accogliente: con una mano gli accarezzavo la nuca e con l'altra portavo il bicchiere alle labbra.

Mi sentivo forte quel giorno, impavida come una ragazzina.

Lui stava al gioco, scrutandomi con un fondo di stupore.

Poi andammo a letto.

Sale sull'autobus, si sfila gli occhiali da sole. C'è un posto libero: si siede avvolgendosi l'impermeabile attorno al corpo. Osserva il suo vicino distrattamente, senza vederlo in realtà. Sta pensando ad un uomo: nonostante l'abbia appena lasciato ha già nostalgia delle sue mani, della sua bocca, del suo corpo.

È stata sfiorata per ore eppure vorrebbe ricominciare subito.

Solleva gli occhi: lo sconosciuto la sta fissando. Nei suoi occhi legge un muto rimprovero, una speranza segreta, poi volta il capo confuso.

Dietro di lui le porte automatiche si spalancano, scende, al suo posto appare un altro individuo. È alto, magro, elegante. Gli occhi scuri le ricordano qualcun'altro e l'inquietudine si riaccende.

Ora l'uomo l'ha notata e contraccambia stupito il suo sguardo. Si sfidano per un istante lunghissimo, poi lui cede e si volta.

La donna sorride: si sente forte perché l'ha disorientato e questo la inebria. Davvero possono tanto i suoi occhi?

Gioca come il gatto col topo, spingendolo a dimenarsi inquieto.

Lei osserva con tutta calma la punta lucida delle sue scarpe di cuoio pregiato, i pantaloni con la piega stirata, la cintura in vita. Si sofferma senz'altro più del necessario, più di quanto dovrebbe, ma non sa resistere. E subito nota un fremito, appena percettibile: sì, è per lei, e le solletica la base della colonna vertebrale. Con lo sguardo acceso risale il suo corpo verso la giacca verde bosco, la cravatta elegante, il colletto inamidato della camicia bianca. Verso la sua bocca, i baffi ben pettinati, gli occhi attenti, che la fissano increduli. Un attimo dopo lui le è di fronte. Slaccia la giacca e si infila le mani in tasca, ma lei

non sposta lo sguardo: è all'altezza giusta e può final-
mente godersi il suo profilo vistoso. Sorpresa s'accorge di
avere un nodo in gola, ma forse non è la sola. Vorrebbe
sporgere il capo, avvicinarsi a quel corpo teso. Vorrebbe
respirare un profumo nuovo e segreto.

Stazione centrale. Scende rapida, senza voltarsi, eppure
sa che l'uomo è dietro di lei, anzi al suo fianco, che cerca
di incontrare il suo sguardo con frenesia, quasi le intral-
cia il cammino. Lei può percepire distintamente il suo
desiderio, che le sfiora la pelle come un'energia elettriz-
zante; la sua ansia la sta accarezzando. Percorre i gradi-
ni sicura ma il cuore le batte rapido nel petto. Non si volta,
non ne ha il tempo.

Il treno è in partenza. Sale con un balzo e poi si gira
verso di lui, col respiro corto, i muscoli tesi. Lui è immo-
bile accanto alle rotaie, gli occhi negli occhi, deluso.

L'ha avuta.

Ma questo non può saperlo.

Qualche volta i ricordi si confondevano con la realtà. Come riemergendo da un sonno profondo recuperavo dal tempo pezzi di memoria, immagini e odori. Come se la mia storia con Leon, ad un certo punto, non so quando di preciso, avesse fatto tabula rasa di ciò che era stato prima di lui. Insieme a Saverio, invece, succedeva esattamente l'opposto. Giorno dopo giorno andavo riappropriandomi del mio passato, e con esso di desideri e progetti accantonati per anni. La sua attenzione, il suo desiderio di me, limpido come un cristallo, mi risvegliava dal torpore, permettendomi di riallacciare i fili del passato. Un passato più intenso e variegato di quanto ricordassi.

Lo studio che il gallerista ha affittato, a sue spese, perché il pittore possa lavorare indisturbato e dare il meglio di sé ha un magazzino sul retro, stretto e lungo, in cui sono ammassate tele imbrattate, scatole di pittura, cornici vuote. L'odore dei colori acrilici impregna l'aria togliendo il respiro. O forse è l'erba ad intontirli e a farli sorridere per un nonnulla.

Stanno seduti sul pavimento, l'uno di fronte all'altra, con la schiena appoggiata alla parete e lo sguardo fisso davanti a loro. Fumano sigarette alla marijuana accendendole una per volta e aspirandole direttamente dalle dita dell'altro. Poi si baciano, si accarezzano i volti madidi di sudore, si sfiorano le labbra dischiuse. Non parlano molto: per la verità non hanno granché in comune. Però trovano bello stare lì a baciarsi e a sfiorarsi. Lui infatti allunga una mano di tanto in tanto e l'accarezza senza fretta sotto i vestiti.

— Fa' portare due Negroni dal bar— le dice, e lei telefona, tanto poi andrà tutto sul conto del gallerista.

Bevono e fumano e, quando ne hanno voglia, lei gli si siede in grembo. Fanno l'amore senza parlare, con gli occhi chiusi, inseguendo le sensazioni che nascono lì per lì sotto la pelle umida. Neppure si spogliano, non chiedono molto. Gli basta assaggiarsi con la punta della lingua, muovere le dita seguendo l'istinto, abbandonarsi a un piacere quieto che giunge puntuale. Comunque non è una cosa veramente importante: spesso preferiscono accarezzarsi e attendere in silenzio.

Poi un giorno, un giorno in cui inaspettatamente lei si trova inerme tra le braccia del gallerista, liquida e sfibrata da un bisogno innominabile, gli confessa tutto. Lui è soddisfatto del suo racconto minuzioso, colorito di ogni dettaglio e sa ricompensarla dandole il piacere che cerca. Il mattino dopo però, lo studio del pittore è vuoto e le sue tele scomparse. Al suo posto è già subentrato un ennesimo futuro talento, ma più anziano e totalmente insignificante.

Non so neppure io perché continuo a scrivere, ma è ormai un'abitudine.

Sembra che nelle fasi di cambiamento della mia vita io provi questo impulso irresistibile di mettere nero su bianco, come fosse più semplice fare ordine tra i fogli che non tra i pensieri. Oppure si tratta di altro.

Iniziai a scrivere quando incontrai Leon.

Ho ripreso adesso, a causa di Saverio, benché sia tutto finito ormai.

Sarà che non ci tengo a raccontare in giro i miei fatti personali. Non potrei mai fare confidenze tanto intime a chicchessia, non riuscirei a dire la verità, quello che mi sconvolge dentro, dunque a cosa servirebbe?

Quando scrivo, invece, non posso fare a meno di essere

del tutto sincera. A volte spietata. Vedo le cose più obiettivamente, come se il biancore del foglio le illuminasse dall'interno, come se la penna fosse una lente d'ingrandimento. E non mento.

Non importa quale immagine di me uscirà di me da queste pagine.

Non mi controllo mentre scrivo.

Lascio correre la penna, le sensazioni, i ricordi vecchi e quelli più recenti, i desideri e i bisogni. Lascio correre le parole come fossero acqua viva.

Dopo non rileggo mai. Non mi interessa valutare l'effetto finale. È più importante dire, dire tutto, dire senza timori.

Sono una donna che ha avuto degli uomini, è così.

Molti? Non saprei, non ho termini di paragone. So però che ho fatto sempre quello che volevo, nel momento in cui il desiderio diveniva impellente. Non sono una moralista, non mi attengo a regole particolari, non ho doveri, a parte uno, assoluto: la fedeltà a me stessa. È sempre stato così. Altrimenti non sarei scivolata con Leon giù lungo quel pendio scosceso. Altrimenti non avrei lasciato Andrea quando, dopo anni, si era finalmente trasformato in quell'amante infaticabile che aveva abitato le mie segrete fantasie così a lungo.

Questo mi assolve dai miei errori?

Non fa differenza. Non si torna indietro.

Cammina distratto. L'affianca lanciandole occhiate oblique. La scruta in silenzio mentre lei finge di non notarlo neppure. Indossa un impermeabile grigio lungo fino ai polpacci, una giacca a quadretti minuti, un paio di pantaloni morbidi.

Arriva il tram, lei si avvicina per salire e casualmente incontra il suo sguardo: ha gli occhi più verdi che abbia mai visto, le ciglia più lunghe e scure che ricordi. Stringe le palpebre come un gatto e le iridi si illuminano.

Salgono uno dietro l'altra, ma subito se lo ritrova accanto. Non c'è niente di nuovo o di interessante dietro i finestrini impolverati eppure entrambi guardano nella stessa direzione, sbirciandosi di sottecchi. Lentamente lei avanza verso la porta, perché lui abbia tutto il tempo di seguirla. Sembra incerto però, indeciso. Lei invece si è già persa dentro il mare agitato del suo sguardo e un secondo prima di scendere i gradini gli sfiora la mano con la punta delle dita.

Rapida attraversa la strada, ondeggiando appena sui tacchi alti, senza voltarsi mai indietro. Raggiunge la piazza, supera alcuni passanti ed eccolo al suo fianco. Si ferma per affrontarlo, ma qualunque discorso sarebbe inutile e lui ne è consapevole. Per questo la afferra e l'attira contro di sé. Per questo lei non si oppone. Freme contro il suo petto mentre la bacia fino a toglierle il respiro, frugandole la bocca con avidità e insolenza. Le auto sfrecciano tutt'attorno, i clacson sono assordanti, alcuni passanti li superano sconcertati. Troppo tardi. Succhia la sua lingua fino a saziarsene e poi si divincola trafelata. Ha un appuntamento, deve andare. Abbandona lo sconosciuto in mezzo alla piazza senza dare spiegazioni. Poi raggiunge in fretta il solito ufficio e si getta tra le braccia dell'uomo che l'accoglie sulla soglia. Ha gli occhi chiari come un cristallo.

Non mi sentii colpevole quella volta. Avevo baciato un perfetto estraneo e poi ero corsa a rifugiarmi tra le braccia di Saverio, con una specie di corrente che mi formicolava nelle membra. Ero elettrizzata, sì. Mi sentivo spregiudicata ma anche perfettamente controllata. Decidevo io cosa mi andava di fare o meno. Decidevo io chi baciare e quando farlo. Ero libera di offrirmi e ritrarmi, di dare e negare, di esserci o fuggire. Ero smaniosa di riappropriarmi del mio corpo, quasi che qualcuno in precedenza me lo avesse scippato, e di giocarci come preferivo.

Salii trafelata nell'ufficio di Saverio, lo baciai di slancio, sulla soglia. Non gli diedi il tempo di dire alcunché. Neppure pensai di chiedergli se era solo. Gli posai due dita sulle labbra, gli sorrisi. Poi sostituii le dita con la bocca, spingendolo nella stanza. Il telefono cominciò a squillare, ma lui non si mosse. Il suo desiderio si accendeva all'istante, ogni volta che il suo corpo aderiva al mio. Abbracciati barcollammo fino al suo studio. Non c'erano divani, né cuscini.

Scivolammo in ginocchio sul pavimento. Gli sfilai la giacca mentre mi apriva il vestito sulla schiena. Me lo sfilò dalla testa con un gesto. Io gli sbottonai la camicia con dita febbrili. Lo baciai sul collo, sul petto.

Lui scuoteva la testa

– Sei matta, matta, matta… – mormorava.

Oh, certo che lo ero! Ero pazza di lui!

Chiuse gli occhi.

La mia bocca si spinse più in basso. Non potevo resistere, tutto qui. Non avrei saputo come spiegarlo. Era incontenibile la mia voglia di lui. Lo volevo tanto da avere le lacrime agli occhi, da gemere e supplicare chissà cosa. Succhiai fino ad avere la bocca indolenzita, ma ritraendomi ogni volta che la sua smania si preparava a traboccare.

Avrei voluto che durasse in eterno, nonostante la sofferenza e l'ansia.

Lo spinsi giù sul pavimento, con la schiena a terra, sotto di me, vinto.

Lui prese a mormorare...

Essere, non essere, qui sta il problema: è più degno patire gli strali, i colpi di balestra di una fortuna oltraggiosa, o prendere armi contro un mare di affanni, e contrastandoli por fine a tutto?

Trattenni il respiro come per trattenere anche l'emozione.

– Lui è mio, è mio, è mio – pensavo.

Mi teneva i fianchi guardandomi ammaliato. Socchiuse gli occhi, lo sentii bisbigliare: sogna amor mio...

Morire, dormire, non altro, e con il sonno dire che si è messo fine alle fitte del cuore, a ogni infermità naturale della carne: grazia da chiedere devotamente.

Rabbrividivo alle sue parole, quasi raggiungessero con musiche d'archi le miei cellule spalancate. Non volevo ascoltare, non ce la facevo. Singhiozzavo, e della pelle sulle ginocchia, che si consumava contro la moquette, neppure me ne accorsi. Il grande ventilatore a pale, sopra i nostri corpi distesi, umidi e lucenti, vegliava su di noi, e pareva sussurrare instancabile nell'aria: voglio te, voglio te, voglio te.

Morire, dormire. Dormire? Morire forse.

La sua voce si allontanava e si avvicinava, era un flusso di echi, una cantilena, una ninnananna antica, che mi cullava e mi trascinava via con lui, abbandonato per me sola.

Ecco il punto: perché nel sonno di morte quali sogni intervengono a noi sciolti da questo viluppo, è pensiero che deve arrestarci.

To be, not to be. This is the question...

Tu, soltanto tu, soltanto tu: il ventilatore non dubitava e non temeva, ripeteva per noi la sua appassionata litania.

Poi la pelle delle mie ginocchia si aprì e prese a sanguinare sul pavimento, come in un rito tribale che ci avrebbe purificati dal passato. Osservai incurante: non mi riguardava. Non sentivo. Se il dolore c'era stato era già lontanissimo.

Lui riprese il suo mantra – to be or not to be – col quale ridestava la passione e certe aspirazioni impronunziabili. E col quale mi portò via, altrove, dentro una notte improvvisata per noi soli, sospesa sopra giorni già scordati, vibrante di sogni che non sapevo ancora di possedere. Sognare sì, this is the question...

Trentasei gradi latitudine nord, quindici gradi longitudine ovest. Circa.

Cammina tra la folla accaldata, inseguita dalle grida dei venditori, lasciandosi inebriare dai colori delle spezie dentro i sacchi e dagli odori: quelli della menta essiccata e dei meloni che marciscono nelle cassette. I macellai chiacchierano dietro i quarti di bue appesi al sole, circondati da nugoli di mosche, gocciolanti. La donna si intrufola in un polveroso negozio di argenterie e oggetti antichi. È buio. Il commesso l'attira subito accanto a sé, le mostra un contenitore per profumi di peltro e vetro. Ha un'aria consunta: le spiega che è berbero e molto antico, e questo la affascina. Intanto però chiede anche il suo nome, circondandole le spalle con un braccio, e le sussurra all'orecchio che è bella. Vuole cento dinari per l'oggetto ed è sicuramente un'esagerazione. Lei ride restituendoglielo: dice che non può permetterselo. L'uomo alza le spalle: che se lo faccia pagare dal marito. Lei annuisce ma resiste e l'uomo spalanca gli occhi: dice che un marito tirchio non è un buon marito, dice che un uomo simile senz'altro non la merita.

– Io darei cinquanta cammelli per te, madame – sussurra.

E intanto la sospinge verso il retrobottega per mostrarle preziosi vasi dipinti, un monile d'argento, ciondoli di malachite, ma anche per passarle le mani sui fianchi, sulle braccia nude, attorno alla vita. Avvicina il viso fin quasi a sfiorarla e la invita a tornare il giorno dopo, quando sarà solo. Lei finge di non aver sentito e gli offre venti dinari per la bottiglietta di vetro antico. Lui neppure l'ascolta.

– Sei così bella – bisbiglia, afferrandole una ciocca di capelli.

Fa molto caldo nell'angusta bottega. Gli occhi dell'uo-

mo ardono speranzosi, le ombre danzano come una brez-
za. Non si muove, ma lei percepisce l'odore della sua
pelle.

– Torna da me domani – insiste.

Mercanteggiano per altri dieci minuti, quindici e poi
trenta. Parlano di soldi o forse d'amore. Lei è esausta e
anche un po' intontita dal tono basso e monotono dell'uo-
mo, ma alla fine la spunta: gli porge venticinque dinari e
si infila il trofeo esotico nella borsa. Sulla porta del nego-
zio lui l'attira contro di sé un'ultima volta. La bacia. Ha
la barba ispida e sussurra: – A domani, io ti amo già. –

Lei non ha mai visto cinquanta cammelli tutti insieme.

Torna dal marito, con un velo di rimpianto che le
adombra il sorriso.

Con Andrea viaggiavo, incontravo le persone, organizzavo cene per dieci invitati. Conducevo una vita apparentemente piena e ricca. La mia insoddisfazione di fondo sarebbe apparsa come semplice ingratitudine agli occhi di chiunque. Non avevo il diritto di essere infelice possedendo un marito giovane e affascinante come Andrea, un elegante appartamento in centro a Parigi, denaro sufficiente perché l'argomento non intralciasse mai i miei pensieri o i miei progetti.

Che cosa avrei potuto obiettare? Che non ero fatta per quella vita quieta e monocorde? Che l'amore senza passione mi è sempre apparso mortificante? Che avevo sogni e fantasie che il denaro non poteva comprare?

Leon fu una specie di ciambella di salvataggio. Mi aggrappai a lui con tutte le mie forze, come non fossero esistite altre possibilità per me. Eppure ci volle così poco perché fosse evidente lo squilibrio del nostro rapporto. Il desiderio era sempre seguito dalla nostalgia. Ogni conquista da una mancanza. Il piacere dal dolore. Ciò nonostante io non mi tirai indietro. Stregata dal suo fascino e dall'intensità di quelle emozioni mi lasciavo andare alla deriva.

Il cesto trabocca di pacchetti infiocchettati, avvolti in carte dipinte a mano come quelle ottocentesche, legati con nastri di raso e di velluto, rossi e color prugna. Ogni tanto lei lega assieme anche un brandello di pizzo o una fettuccia d'argento, che luccica sotto le lampadine colorate.

Il pino si alza fino a sfiorare il soffitto. Non ce la farà mai a completarlo da sola: dovrà farsi aiutare. Intanto si inginocchia per raccogliere le palle di vetro colorato dalla scatola di cartone. Ha le cosce indolenzite.

(Quanto era rimasta avvinghiata a lui? Aveva le labbra rosse e gli occhi chiusi. Percepiva distintamente il gusto della sua pelle, il suo profumo. Ma non bastava ancora. E le sue mani, le dita irrigidite, lo attiravano o lo respingevano?)

Appende una campanella spruzzata di porporina, una ghirlanda dorata, una grande stella di vetro soffiato dipinta nel centro come una miniatura: una bimba sta scartando dei pacchi colorati e intanto nevica.

(La mia bambina, sussurrava lui, mentre ondeggiava sopra il suo corpo, lenta e inesauribile. Così, piccola, fatti guardare, diceva. E lei allora arrotolava la sottoveste. Il respiro corto, la gola riarsa: un urlo le cresceva dentro. Un uragano).

Il pino si riempie, si ravviva di forme e luccichii. Lei si sposta per guardarlo da lontano: sarà una sorpresa per gli ospiti. Per loro lega ai rami gli oggetti più preziosi ma anche piccole sculture di cioccolato. Sarà un albero tutto da divorare.

(È vero che lei gridava mentre l'uomo le mordeva la bocca, ma non cercava mai di allontanarlo. La sua irruenza poteva divenire dolorosa eppure lei lo guardava affascinata e gli sussurrava: sì, sì, sì. E poi: mangiami!).

Altre ghirlande, altre campanelle.

(Ancora lui per lei, lui solo con lei. Respirava il suo respiro, beveva i suoi gemiti, masticava i suoi sussurri. Per sentirlo ovunque: nelle ossa e nella testa. – Ora girati. – Il peso del suo corpo la scaldava. La inchiodava al letto.)

Una palla di vetro le sfugge dalle mani e si infrange sul pavimento, le schegge si spargono tutt'attorno. Ma lei non le sente sotto le ginocchia. Chiude gli occhi. Avverte soltanto la sua forza, il suo ritmo, mentre con i gesti lo imita e lo rievoca, lo sostituisce per pochi istanti appena, ma sufficienti perché la nostalgia si trasformi in urgenza dolorosa. Non tra un'ora, un giorno, una settimana, ma adesso. Adesso e subito.

– Ancora, ancora – ripete a bocca chiusa, con le mani nascoste sotto il vestito, la fronte madida, gli occhi stretti. Ma non c'è nessuno ad ascoltarla mentre il piacere si mescola al rimpianto e l'abete addobbato assiste immobile a quei gesti segreti.

– Adesso – geme, senza più fiato.

Ma l'uomo è lontano, come sempre e lei scivola spossata sul tappeto, con le dita irrigidite e tremanti, gli occhi umidi.

Un angioletto di legno ondeggia appeso ad un filo dorato. Ha l'aria fragile, come loro due insieme, appesi ad un presente subito consumato.

Camminavo nel porto vecchio di Marsiglia. Sola.

Il mistral aveva spazzato le nuvole dietro le montagne arruffandomi i capelli fino a trasformarli in una massa informe e intricata. Non me ne curai.

Mi lasciavo accarezzare da un sole puro, abbacinante, che si adagiava sul mare senza fretta.

D'improvviso un flash:

– Voglio averti ora. –

– Sì, adesso. Ancora un istante. –

Un guizzo nel ventre, la pelle umida.

Notre-Dame-de-la-Garde risplendeva sopra la città.

Saverio.

Ancora un uomo.

Perché negare?

Un uomo è la sua ossessione. Sarebbe etimologicamente possibile poiché realmente occupa ogni suo pensiero. Eppure non è così terrificante quando la prende tra le braccia e la tiene stretta per ore intere. Non è così doloroso ubbidirgli: lo è molto di più convivere con la sua indifferenza.

Sì, l'incubo è la lontananza, è il tempo che li divide e che la paralizza, le impedisce di parlare e di agire. È succube della sua assenza e la libertà le va stretta come una gabbia. La sua libertà è appartenergli.

La guarda mentre lo accusa, ansante e scarmigliata, la camicia incollata addosso. Lo odia. Odia la sua sicurezza, la sua tranquillità. È convinto di sapere come andranno le cose, di poter fare progetti.

– Non funziona così, non ti illudere. Sarebbe troppo facile. –

Sente che il volto le si imporpora per la frustrazione.

– Perché non torni da quell'altra, non ti va più bene lei? –

Non risponde e Agata sobbalza: quel "lei" pronunciato con disprezzo è come un boomerang che torna a colpirla. "Lei", lei l'altra, le fa male come una pugnalata nella carne viva. Non sa dimenticare "lei" con quegli occhi trasparenti e quieti. "Lei" con le sue espressioni colte e sagge, la risata cristallina, i jeans scoloriti da intellettuale. Ma sa dargliele certe emozioni? E quel fisico da silfide poi, lungo e affilato, che pare piegarsi, quasi spezzarsi, vinto dalla forza di una stretta di mano. "Lei" abbandonata sotto di lui, liquefatta nei suoi occhi. Sua.

Nel delirio rivede Leon guardare l'altra con dolcezza, avviluppandola di occhiate indulgenti, esitando su quelle labbra sottili e dischiuse. Leon che le sorride incurante della sua presenza, di quel fuoco che la incenerisce. Vorrebbe odiarli, ma come liberarsi di lui? Come estirparselo a forza dalle carni? Come opporsi alla simbiosi che la obbliga, ancora attraverso di lui, scavato nelle sue ossa come una malattia, a sorriderle a sua volta?

Annuisce. Saluta cortese e li lascia soli, ostentando una calma che non conosce, con cui non può più convivere.

Ma quella stessa sera, in un letto qualunque, lui incurante l'attira a sé, senza parlare.

La sua resa già scontata.

Agata vorrebbe ridergli in faccia e poi spaolargli un colpo dritto al cuore. Liberarsi di quel male in un istante. Ma dopo, si chiede, che ne sarà di me?

La bacia, poi subito si scosta per premerle una mano sulla nuca. La spinge lungo i meridiani del suo corpo, più in basso, più in basso ancora.

La sua bocca malleabile e fedele.

Non avrei dovuto pensare ancora a Leon, ad Andrea, al passato. Mi faceva male.

Che senso aveva ragionare su ciò che era stato, su quello sterile epilogo?

Perché non potevo lasciarmi indietro tutto, dimenticare, guardare avanti?

Mi prendevo la testa tra le mani e con le dita premevo forte le tempie, come avessi potuto bloccare il flusso dei ricordi, quelle immagini vivide e dolorose.

Saverio diceva:

– Stai qui, resta con me, non fuggire ancora. –

Ma mi era impossibile accontentarlo.

La sua dolcezza, la sua passione, il suo desiderio di me riportavano alla mente altre situazioni in cui, allo stesso modo, avevo creduto di potermi sentire al sicuro. Di potermi fidare.

Ma avevo commesso un errore e non potevo permettermi altre delusioni.

Giallo, rosa, azzurro. I colori sbiaditi della federa del cuscino le riempiono l'intero campo visivo, illuminato a tratti dai fari delle automobili che sfrecciano sulla provinciale. Hanno dimenticato di abbassare le tapparelle, come sempre, ed ora il grigiore nebbioso del crepuscolo invade la stanza sfumando i contorni delle cose, i profili conosciuti.

Nell'ombra ascolta il suo respiro quietarsi lentamente. Percepisce il suo calore sotto i palmi, sotto le dita aggrappate alla sua schiena.

– Non fuggire, non ancora, – ripete una voce che non varca mai la soglia delle sue labbra.

Il pensiero che tra poco lui si alzerà dal letto e senza incertezze comincerà a rivestirsi la riempie di sgomento. Si domanda come potrà allontanarsi senza trascinare con sé brandelli della sua carne ancora palpitante. E come potrà, la notte, intrufolarsi tra i loro corpi avvinghiati per arrogarsi il diritto di sradicarli l'uno dall'altro, e subito ricondurli in quella sterile quotidianità da cui solo poche ore prima sono faticosamente riusciti a fuggire.

– È tardi – le ricorda lui, prima di verificare che lo sia realmente.

Non gli risponde. Il tempo ha ripreso a scorrere, il rituale già concluso.

La nostalgia li ha già raggiunti: è palpabile nell'aria e nel calore che ancora impregna la stanza. Se la leggono negli occhi.

Tace dunque e si alza, cerca i collant, si chiude nel bagno. Spossata si sofferma ad osservarsi nello specchio, sfiorandosi con la punta delle dita le labbra rosse e gonfie: le fanno male, ma non c'è tempo per coccolare quel dolore.

Esce subito dalla stanza, si veste e si trucca rapida-

mente. Raccoglie gli orecchini dal pavimento e si infila la giacca. Lui sta controllando sull'agenda gli appuntamenti del giorno dopo. Fuori è già buio e cade una pioggia sottile.

Spengono le luci.

– Hai preso le chiavi dell'auto? – bisbiglia, non osando rompere il silenzio che li avvolge.

Camminano vicini ma senza dirsi nulla, illudendosi di essere ancora insieme.

Lei infila i guanti: comincia a far freddo.

– La settimana prossima? – gli domanda senza alzare il volto.

Lui annuisce pensieroso. Si è fatto davvero troppo tardi.

– Ciao. –

Si separano e prendono strade diverse. Ognuno si avvia verso la propria casa, la propria storia, i propri impegni: forse troppo stanchi per cercare delle alternative. Forse soltanto assuefatti.

Eravamo stati amanti, niente di più e niente di meno.

Perché ad un certo punto mi ero illusa del contrario?

E perché con Saverio avrebbe dovuto essere diverso? Forse perché lui non era sposato ed io ero di nuovo libera? È sufficiente non avere legami ufficiali per stare insieme meno precariamente?

No, l'esperienza mi diceva il contrario. Del resto con Andrea, legittimo consorte impalmato davanti ad uno stuolo di parenti e amici in una cattedrale paesana addobbata a festa, non era andata diversamente.

Il desiderio fisico, la trasgressione erotica, esplosi grazie all'imprevisto intervento di Leon nel nostro borghese rapporto, avevano rapidamente offuscato ogni altra esigenza e aspirazione. Il sesso era diventato l'unico elemento importante attorno a cui ruotava il nostro decoroso ménage famigliare. Ma tolto quello, che cosa era rimasto, dopo? Due estranei seduti attorno a un tavolo, incapaci di confidarsi alcunché, svuotati, come se tutti i buoni propositi fossero scivolati via strada facendo, da una crepa in fondo al cuore.

Questo, in sostanza, era stato il mio matrimonio.

Tardo pomeriggio, è ancora inverno.

– Devo andare – sussurra, infilandosi la giacca.

Agata lo sa, per questo non risponde.

Nel letto l'impronta tiepida del suo corpo.

Le concederà mai un brandello di vita più lungo di poche ore, in cui inventare qualcosa, qualunque cosa, che possa sopravvivere anche fuori da un letto?

Chiude gli occhi per dimenticare.

Hanno già moltissimo, si ripete, il destino è stato generoso donandoli l'uno all'altra.

Perché allora non basta?

Con un preciso atto di volontà abbandonai i ricordi e tornai da Saverio. Lui mi attendeva a braccia aperte.

E dopo l'amore il flusso interminabile delle parole.

Mi parlava di Calvino, dello spirito e della creatività. Di scultori che nella creta hanno modellato fanciulle pensando alla propria madre, agli amici e anche a sé stessi. Hora et labora. Ricordava conversazioni con monaci eruditi: un padre Marcello che non avrei mai conosciuto. Ma ugualmente lo ascoltavo in silenzio e col viso appoggiato al suo petto creavo fantasmi nelle vibrazioni delle corde vocali. Avrei potuto restare per sempre. Lui non mi credeva ma continuava a parlare. La vita e la morte. Il pensiero e la materia. Leopardi. La sofferenza dei secoli dilatata nella luce del romanticismo. Il mito, gli eroi, la smania di momenti eclatanti.

La *mia* smania.

I discorsi ci avvinghiavano senza che ce ne accorgessimo.

Lui si legava impavido, temerario.

Ero una coppa offerta, in cui distillava sé stesso sciogliendo i nodi dell'anima.

Non riconosceva il pericolo.

Che giorno era?

Mi alzai annoiata, dopo un tempo che mi parve lunghissimo.

Mi asciugai tra le gambe con l'angolo di un quotidiano vecchio di due mesi, dimenticato tra altre riviste.

Persi tempo guardando fuori dalla finestra.

Il sole inondava il nastro d'asfalto trasformandolo in un fiume lucente, che rifletteva il biancore ruvido del condominio di fronte. D'improvviso mi accorsi dell'uomo alla finestra, che mi osservava quasi nascosto da una tenda. Non accennava a ritirarsi, ma neppure io mi scostai. Era piuttosto anziano e sicuramente aveva seguito indisturbato ogni mio movimento: la cosa mi lusingò.

Così attesi, stringendo gli occhi come un gatto che fiuta la preda, e quando fui certa di avere tutta la sua attenzione mi voltai di spalle e piegai la schiena. Non c'era nulla sul pavimento che dovessi raccogliere ma la finestra era grande, senza tende: l'uomo non poté perdersi lo spettacolo delle mie natiche scoperte, attraversate dal sottile nastro di seta del perizoma. Indugiai più a lungo del necessario, mi offrii al suo sguardo.

E quando fui stanca mi rialzai davanti allo specchio per lisciarmi i riccioli tra le gambe con ricercata lentezza. Restai in attesa di un suo movimento, di quel gesto furtivo che mi avrebbe resa orgogliosa. Di un'emozione.

Ecco, lo vidi accasciarsi all'improvviso. Allora riabbassai la gonna e mi voltai per lanciargli un'ultima occhiata, e perché sapesse che ciò che aveva visto era stato un regalo non un furto. Poi uscii dal bagno e tornai di là, dall'uomo che mi aspettava. Un estraneo incontrato in un bar.

Ma tutto questo risale a molto tempo addietro, quando stavo ancora cercando di dimenticare Leon sovrapponendo alla sua immagine quella di uomini diversi. Quando vivevo storie da niente per poterle raccontare alla sera a mio marito, impaziente di ascoltarmi come fossi stata una moderna e spregiudicata Sheherazade.

Quella che non sono più.

Lo osservai appoggiare il bicchiere nuovamente colmo sul comodino e poi raggiungermi nel letto, in silenzio.

Fuori stava ancora piovendo, sicuramente faceva freddo. Lui mi coprì con la coperta e mi attirò contro di sé. Non parlai più, era inutile, il domani non esisteva ancora.

Persi lo sguardo nel quadro appeso di fronte al letto, il pagliaccio col corpo di pomodori, come lo chiamava lui, cercando di prevedere il momento esatto in cui lo avrei scordato.

Che ingenuità: il futuro esisteva e mi dava la nausea.

Restammo in silenzio finché non riuscii ad abbracciarlo di nuovo e a rannicchiarmi nel tepore del suo corpo, per ascoltare i nostri respiri. Sapevo che lui avrebbe voluto dirmi tante cose, confortarmi, ma non ne avevo già più bisogno. Così smorzai le sue parole con le mie labbra. Meglio non spiegarsi più niente.

La mano di Saverio si mosse istintivamente e mi cercò.

– Vedrai – sussurrò con rinnovata fiducia, ma io lo zittii con un bacio.

Lo convinsi a dimenticare il linguaggio nei gesti. (Potevo tentare, adesso).

Chinai il volto sulla sua gola e attraverso le labbra percepii un palpito regolare, rassicurante. Lentamente scesi verso il petto e lo percorsi senza fretta.

(Per quanto tempo ancora?).

Respirai il suo profumo, strofinando il mento e le guance sulla pelle risvegliata dai miei polpastrelli curiosi, dalle mie labbra assetate.

Avevo così fame di lui!

Lo accarezzai con le ciglia umide, solleticandolo, strappandogli un sospiro. E allora qualcosa accadde, come sempre, e il vuoto che avevo dentro andò colmandosi. Così doveva essere: il desiderio e il bisogno rarefatto e ingoiato, assimilato, parte indivisibile di me. Lui che diveniva carne e sangue, nutrimento della mia anima, non attraverso del pane azzimo, avulso, ma attraverso il suo stesso corpo, vivo e liquido, fecondo. Oh sì, volevo quell'uomo, la sua anima e i suoi sogni. Ma li volevo subito.

Chiusi gli occhi placata. Finalmente potevo domare il futuro, conoscevo il modo: aprii la bocca e sporsi la lingua. Un guizzo mi attraversò la mente.

(E così sia).

Trascorse un giorno o una settimana?

Forse un mese?

Un'ovattata penombra proteggeva la stanza dal sole primaverile.

Si mosse sicuro tra le mie carni serrate.

– Così va bene, tesoro? – domandò con voce roca.

Sì, certo che andava bene. Il mio corpo era una mappa, che egli percorreva con dita sicure, risalendo promontori, tuffandosi in buie valli. Avrebbe potuto farlo ad occhi chiusi o senza mani, col respiro soltanto, ed io avrei reagito allo stesso modo.

– Sì, così va bene – sussurrai. A lui piaceva sentirmelo dire.

Lui amava le parole che mi colano dalle labbra molli e arrendevoli, amava il mio sordo lamento, amava i miei occhi umidi, la mia lingua umida, le mie cosce umide.

Amava il mio desiderio liquido e appiccicoso, me lo diceva.

Allargai le gambe.

Lo sentii gemere contagiato dal mio piacere, allora non seppi frenarmi. Piegai le ginocchia, sollevai i fianchi, nascondendo la testa nel cuscino che odorava di lui.

– Così ti voglio – disse alle mie spalle.

La federa era umida di sudore. Mi voltai e lo vidi attraverso una pioggia sottile che cadeva soltanto tra le mie ciglia. Stava nuovamente intingendo le dita nel vasetto della crema. Gridai.

– Tesoro, amore mio – sussurrò struggente, abbandonandosi al desiderio che ci lievitava dentro come una marea, inarrestabile e schiumoso.

– Mi vuoi? – bisbigliò contro il mio orecchio.

Non risposi, non trovavo le parole. Avrei dovuto urlare per spiegare, gridare suoni inarticolati e ancestrali, usare il linguaggio degli animali per comunicare.

Artigliai le sue mani con forza, cercando la sua carne con le unghie, per spingerlo a difendersi. Volevo che mi dilaniasse, che il dolore fosse così intenso da farmi dimenticare qualunque altra cosa: niente più passato, niente più ricordi, ma una memoria intatta di cui potersi fidare.

Alzai la testa in cerca di aria, istintivamente, ma era così faticoso! Non avevo più la forza di respirare, di oppormi alle sue mute richieste. Lasciai allora che il suo braccio mi cingesse il collo, che il peso del suo corpo mi inchiodasse al materasso. Avrei potuto spezzarmi e non se ne sarebbe accorto, né si sarebbe placato probabilmente.

Avevo il suo ventre nelle reni, le ginocchia tra le cosce.

– Ecco! – sibilò alle mie spalle, deciso e ormai inarrestabile.

Fiori enormi, colorati come le federe del cuscino, mi riempirono gli occhi, mi accecarono, insieme alla visione delle mie mani sulle sue, che lo allontanavano, che lo trattenevano forse. E intanto gridavo, perché non ricordavo più il suono delle parole e il loro significato. Un lungo gemito inarticolato, violento come il desiderio che mi percorreva la colonna vertebrale dentro il midollo, che mi incendiava la coscienza.

Confusi il sogno con la realtà, annullai il bisogno nel delirio. Ero lontanissima, eppure ancora riconoscevo il suo respiro, la sua spinta, il suo odore.

Riconoscevo una parte di me persa e ritrovata, il suo calore, la nostalgia di quel contatto.

Mi abbandonai, mentre Saverio avanzava colmandomi come una lama rovente.

Avanzava e cedeva all'orgasmo sopra le mie membra inermi.

Avanzava gemendo, trascinandomi in un vortice osceno.

– Tua – sussurrai senza più fiato, soffocata dal peso del suo corpo tremante.

Le sue mani mi strinsero, si serrarono attorno ai miei polsi, si aggrapparono al mio delirio.

Le sue mani, mie.

Dovevo andarmene, era evidente. Quell'uomo mi metteva in pericolo.

Glielo fiutavo addosso, il pericolo. Sono un'esperta in questo campo. Eppure è proprio incredibile come dall'esperienza non si apprenda nulla, sovente.

Sì, me ne sarei andata per un po'. Non c'erano alternative. Lui non mi avrebbe lasciata, neppure – diciamo – per un periodo di "riflessione".

Mi stava addosso.

Mi cercava, mi voleva.

Era invaso di me quanto io di lui. Come se l'amore fosse un malanno, un virus contagioso.

L'amore?!

Rileggo incredula: ho scritto l'amore. Eppure so che non è di questo che si trattava. Ora, senz'altro lo so. Quello che c'era tra me e Saverio non poteva essere amore, qualunque cosa lui ne dicesse. Si trattava di passione piuttosto, di attrazione reciproca, di desiderio. Ma non di amore. Direi, in tutta onestà, che eravamo amanti. E molto coinvolti, non lo nego. Capitava che io pensassi a lui costantemente, giorno e notte, che attendessi l'incontro successivo trepidante come una quindicenne innamorata, o meglio, come una donna delusa dal proprio passato.

Comunque, per evitare qualunque possibile sviluppo successivo, valutai che per me fosse meglio allontanarmi. Per andare dove non lo sapevo. Ma forse avrei potuto prendermi un periodo di vacanza, il primo dal mio ritorno in Italia. Chi poteva impedirmelo? Non avevo legami, doveri, priorità. Potevo appendere un cartello alla vetrina della libreria – chiuso per ferie –, oppure farmi sostituire e andarmene, semplicemente. In cerca di calma e di solitudine. Di tempo vuoto in cui metabolizzare l'incontro con Saverio, le emozioni rinate dalle ceneri del passato, tutti

quei ricordi, quei volti, quei corpi sfiorati e persi, abbandonati. Per depurarmi dai colori, gli odori e i sapori che
inaspettatamente erano tornati ad abitare i miei giorni.

Ero molto risoluta a quel punto.

Non avevo idea – ovviamente – di quanto fossi lontana
dalla realtà delle cose, di quanta ingenuità ci fosse nel mio
proposito di fuga.

SECONDA PARTE

Quello che succede tra noi
è successo per secoli
lo sappiamo dalla letteratura
tuttavia accade

Adrienne Rich
(da "Cartografie del silenzio")

Ios, 22 giugno 2002

Ho sempre preferito il mare. Ho bisogno di molta luce, di molto azzurro, di molto sole per respirare liberamente. Il buio mi opprime, l'incombenza di alte cime innevate mi dà le vertigini. Per poter quietare il mio ritmo interno devo stare vicina al mare, da sola, e non essere costretta ad appoggiare lo sguardo su altri esseri umani.

Ho trovato il luogo che cercavo senza difficoltà.

La casupola, una stanza con tetto di pietra e canne, è in alto sopra gli scogli, dispersa nel seccume di erbe e arbusti, affacciata su una distesa di placide onde. Non ho bisogno di altro. L'indispensabile mi circonda in muta attesa.

Dalla mia postazione privilegiata, nello spazio arido prospiciente l'ingresso dell'abitazione, posso sorvegliare il tempo senza troppa fatica, crogiolarmi in esso serenamente. Se rientro è soltanto per prendere un bicchiere d'acqua, un frutto o un libro. C'è poco altro a mia disposizione, proprio come desideravo. Ma capita che ancora mi guardi attorno stupita di questa appagante essenzialità: una branda contro la parete a nord, la cucina con la bombola del gas addossata alla parete ad est, un tavolo e una sedia sul lato apposto, proprio sotto l'unica finestra da cui posso osservare il tramonto sopra le onde, e un armadio accanto alla porta d'ingresso in cui custodisco alcune camicie di lino, qualche pareo, delle scarpe con la suola di corda. I libri che hanno riempito un'intera valigia sono impilati sul pavimento di pietra accanto al letto. Sopra ci ho appoggiato, in equilibrio precario, la lampada che utilizzo per leggere di notte. Non c'è altro. Niente che possa attrarre la mia attenzione, distrarmi o rubarmi tempo e cure. Comunque vivo prevalentemente all'esterno, nonostante la calura intensa mi stordisca nelle ore centrali della giornata. All'interno della stanza, invece, i muri spessi di pietra e la penombra rischiarata appena dalla luce proveniente dall'unica finestra, mantengono una piacevole frescura. Non giungono suoni, a parte il ritmico canto delle cicale e le grida dei gabbiani. Non c'è telefono e il mio cellulare è sempre spento. Sul retro della casa, il bagno e la doccia all'aperto mi garantiscono ogni conforto.

Potrei restare qui per sempre. È il luogo ideale per me. Non ho bisogno di incontrare nessuno, meno che mai un uomo.

Mi chiedo soltanto come ho potuto lasciarmi tanto coinvolgere da Saverio. Sola basto a me stessa, è evidente.

Sola è più facile.

Ios, 25 giugno 2002

Un pescatore del luogo, la mattina, a giorni alterni, passa a portarmi sacchetti di conchiglie ancora impregnati di sale e di alghe. Sono gli scarti del quotidiano bottino di mare, che egli non ha né il tempo né la voglia di lavare, lucidare e stendere al sole per lo sbiancamento finale. Dunque lo faccio io per lui, quando non sono occupata dalla lettura, dalle passeggiate lungo la scogliera, o dall'immobile contemplazione dell'orizzonte. Una volta pulite, le conchiglie vanno stese sotto la cannicciata davanti all'ingresso della casa, al coperto, dove gli uccelli non possono scendere a beccarle o addirittura a rubarle, affascinati dal luccichio perlaceo. L'uomo mi ha portato anche un grande cesto di oggetti di legno grezzo, intagliati da un certo suo parente: scatole, ciotole, cornici, tazze, che io ho il compito di rivestire di conchiglie, incollandole una ad una, secondo il mio estro.

Non è un lavoro faticoso o particolarmente impegnativo e mi lascia libera di pensare ai fatti miei. Mi piace, lo trovo molto rilassante.

Quando gli oggetti sono pronti il pescatore se li porta via, lasciando i pochi soldi pattuiti per me. Denaro che, del resto, io gli restituisco quasi subito, per pagargli il formaggio di capra, le olive nere, l'insalata fresca, i fichi, qualche piccolo pesce che mi fornisce regolarmente. A volte, la moglie mi fa avere anche dei dolci fatti in casa di miele e mandorle, dalla forma bizzarra e irregolare, che però non vogliono che paghi.

– Questi li manda mia moglie Karima – dice l'uomo semplicemente, col capo chino, quasi si vergognasse di quell'offerta gentile.

Del resto è una persona di poche parole e pochi complimenti. Va e viene, senza fare domande, senza chiedere spiegazioni. Soltanto all'inizio, quando ha accettato di affittarmi la casetta, si è informato sul tempo di permanenza che avevo previsto.

– Non so, qualche settimana, forse un mese – gli ho risposto indecisa.

Lui allora mi ha fissata, incuriosito credo, o forse soltanto sospettoso. Poi ha alzato le spalle annuendo.

– Bene, come vuole – ha detto. – Non è che sia un posto molto turistico questo. –

Lui e la sua famiglia sono forse i soli a conoscenza del mio soggiorno in quest'isola. Non ho lasciato un recapito in Italia, sicura che altrimenti, in un modo o nell'altro parenti e amici – pochi per la verità– troverebbero l'occasione di utilizzarlo. A Saverio ho semplicemente detto che partivo per un po', che me ne andavo in vacanza, che avevo bisogno di stare sola. Lui ha protestato, com'era prevedibile, accampando le scuse più diverse.

Come avrei fatto con la libreria? Si è informato subito, cercando di far leva sul mio senso del dovere, scarso in questo periodo. E certo non mi è parso soddisfatto della facilità con cui ho trovato un giovane studente disposto a sostituirmi per un po'.

Allora si è proposto per accompagnarmi, nonostante i suoi numerosi impegni di lavoro. Ma io ho rifiutato con la massima gentilezza possibile.

– Ma che farai in giro tutta sola? Ti annoierai senz'altro! – ipotizzava.

– Oppure andrai in cerca di avventure, di un nuovo amore? –

Ma dicendolo gli occhi gli erano diventati più grandi e feroci, accusatori.

Non ritenevo di dovergli delle spiegazioni, non ho neppure risposto. Allora lui mi ha presa per le spalle e mi ha scossa, sconvolto dall'impotenza che sentiva piombargli addosso.

– Non hai il diritto di andartene così, come se io non esistessi, come se non ci fosse niente tra noi! – gridava.

Avrei certamente potuto urlare anche io, ricordargli che non avevo obblighi nei suoi confronti, che ero una donna adulta e libera, che tra noi due non c'era stato alcun patto. E invece, a quel punto, una gran calma mi ha invasa, come se in qualche modo avessi previsto quella reazione e mi fossi anticipatamente immunizzata da qualunque pressione o coinvolgimento.

– Credevo di essere stata chiara sin dall'inizio – gli ho detto, scandendo bene le parole, senza ansia o timori.

– Non voglio avere legami, né con te né con altri. –

Gli tremavano le labbra. Ha serrato la mascella come per trattenere un ringhio, forse il desiderio ancestrale di azzannarmi. Ho sentito le sue dita vibrare attorno alle mie spalle, indecise, pronte a scattare.

Poi d'improvviso si è fatto indietro, con una luce dura negli occhi.

Mi ha fissata come mi vedesse per la prima volta, come se gli fosse caduto un velo dagli occhi in quello stesso istante.

– A te non è mai fregato niente di noi due – ha sibilato, con un'ironia dolorosa, velata di disprezzo.

No, non era questo il punto, ma evidentemente mi era impossibile farglielo capire. E se non ci ero riuscita in quei mesi di gesti, parole e passione, era davvero improbabile che potessi farlo in quel momento, con un biglietto aereo già in tasca e la valigia pronta.

– Mi dispiace – ho risposto.

Ma ho capito che anche in quel caso avrebbe frainteso.

– Sicuro, ne sono certo – è stato, infatti, il suo sarcastico commento.

Mi dispiace di non poter essere come tu mi vorresti, avrei voluto dirgli. Mi dispiace di non poter dimenticare il mio passato di delusioni, di non potermi fidare. Mi dispiace se hai creduto che la tua passione potesse modificare qualche cosa, perché io non credo più ai sentimenti nati dentro a un letto.

Invece non ho detto niente. Ho lasciato che si allontanasse dopo un ultimo sguardo deluso, che uscisse dalla libreria e dalla mia vita. Per sempre.

Dunque se ne era andato quando mi sono accorta del pacchetto che aveva posato sul banco al suo arrivo, un'ora prima. Una scatola incartata e infiocchettata.

L'ho fissata indecisa, considerando che non avevo più il diritto di prenderla. Lui avrebbe dovuto portarsela via, ma nella confusione se l'era scordata.

Ed era senz'altro un regalo destinato alla donna che aveva creduto che fossi.

Ho chiuso il negozio, ho battuto l'ultimo scontrino di cassa, riordinato i libri contabili perché il giovane che mi avrebbe sostituita non incontrasse difficoltà. Poi ho spento le luci.

Il pacchetto era sempre lì: che senso aveva lasciarlo in consegna ad un estraneo?

Così l'ho preso, l'ho svolto rapidamente e ho aperto la scatola. Dentro ho trovato un quaderno rivestito con carta di riso, foglie e fili d'erba. Legata al dorso una matita, intagliata come un ramo d'autunno, di legno e corteccia sottile. C'era anche un biglietto scritto a mano, firmato da Saverio, che diceva semplicemente: non rinunciare ai tuoi sogni.

Frastornata ho cercato la porta d'uscita, infilando il quaderno nella borsa quasi senza accorgermene.
Questo quaderno.

Ios, 28 giugno 2002

Dunque io sto qui, sopra la scogliera che sorveglia il mare, nella luce limpida e accecante di un giorno di fine giugno, e scrivo.

Scrivo di me e di quell'uomo, come servisse a qualcosa.

Scrivo di Agata e Saverio come fossero due estranei che io ho potuto osservare dal di fuori, impunemente, quasi si muovessero su di un palcoscenico. Ma no, impunemente no, non è esatto. Perché io conosco sin troppo bene quei due per restarne indifferente.

Scrivo abbandonata nel tempo vivido appena trascorso, o in quello più remoto, di cui l'eco ancora risuona nelle mie cellule inquiete. Sì, il passato è una catena. Mi lega a volti, odori e profili che vorrei poter lasciare indietro, che vorrei dimenticare. Invece con Saverio ho commesso lo stesso identico errore. Infatti sto qui e scrivo, quando potrei programmare un futuro qualsiasi slegato da lui e da chiunque altro. Scrivo di noi due nonostante sia ormai tutto finito.

Questa volta, però, non è stato troppo difficile. Non sono state necessarie lacrime e scenate. Non ho perso tempo tentando di spiegare qualcosa che non può essere detto ma soltanto essere compreso, forse. E non provo rimorso, questo posso dirlo con certezza. Non mi sono lasciata invischiare questa volta, le parole non hanno più potere su di me: ho imparato sulla mia pelle quanto siano inaffidabili.

Ma Saverio è un ingenuo. Lui crede ancora che dire una cosa equivalga a realizzarla. Crede che una promessa corrisponda a un impegno. Crede che i sussurri nati tra le lenzuola valgano quanto i discorsi pronunciati ad alta voce, alla luce del sole, in una strada affollata della città. No, non è così. Lo imparerà anche lui. Forse lo ha già imparato grazie a me.

Un giorno comunque capirà. Un giorno saprà anche lui che la mia scelta era l'unica possibile, la sola degna di riguardo, e me ne sarà grato. Ora mi odia senz'altro, non stento ad immaginarlo. Mi giudica cinica, si sente ingannato, ma sbaglia. Io ho sempre ripetuto ciò che volevo e ciò che non potevo accettare. Forse non mi ascoltava, capita spesso agli uomini. O forse non mi riteneva sincera: ha creduto di intuire qualcosa di diverso nelle mie pretese e nelle mie intenzioni. Mi spiace per lui. Ma è così che doveva andare, sin dall'inizio. Io ho già ceduto la mia parte d'illusioni, non covo segrete speranze.

La realtà è tutto ciò che abbiamo.

Lo capirà.

Ios, 5 luglio 2002

Non rinunciare ai tuoi sogni, ha scritto nel biglietto.

Me lo rigiro tra le mani come potessi scoprire altri significati in un angolo, sul retro, da qualche parte. Poi lo ripongo dentro il quaderno e torno alle mie conchiglie.

Oggi ho lavorato con quelle larghe e piatte, tipo vongole o telline. Sono facili da incollare e ricoprono velocemente ogni superficie. Le tengo da parte per gli oggetti più grossi: piatti da appendere al muro, i coperchi delle scatole portagioie. Mi chiedo se davvero qualcuno acquisterà questi oggetti, souvenir buoni per qualunque località marina, per turisti frettolosi e un po' annoiati, già pronti a rincorrere un nuovo progetto, un nuovo sogno.

È così facile del resto, abbandonarsi ai desideri quando l'opportunità di realizzarli è lì, a portata di mano, e tutto sembra facile e raggiungibile. Si stenta a credere, immersi nell'euforia del momento, che qualcosa potrebbe mai mettersi sulla nostra strada, intralciandoci il passo spedito, frapponendosi tra noi e la più allettante destinazione. Eppure è questo che accade la maggior parte delle volte: perché cerchiamo di dimenticarlo?

Non rinunciare ai tuoi sogni, ha scritto Saverio.

Quali? Mi chiedo adesso, immersa nella solitudine appagante di un giorno qualunque, davanti al mare, sotto un cielo che sbianca nella luce del mezzogiorno. Il mio sogno è questo. L'odore di alghe e salsedine che sale dalle conchiglie mentre le incollo con cura una accanto all'altra; le grida dei gabbiani che sorvolano bassi il tetto della casetta e si tuffano in picchiata oltre il ciglio della scogliera, giù verso le onde senza paura; il fruscio che fanno le lunghe spighe di lavanda incastrate tra i massi, quando il vento le sfiora e le curva fino a terra senza scalfirle.

Io non ho altri sogni.

Ma forse Saverio ha creduto il contrario, mentre arresa al suo abbraccio gli mormoravo il mio desiderio incontenibile di lui, delle sue mani, delle sue labbra, di quella lingua vorace con cui mi accarezzava la pelle umida e bruciante.

– Mi hai preso in giro! – ha protestato nell'ombra serale della libreria.

No, non lo ho fatto. Mai!

Ero sincera, avrei dovuto dirgli.

Ti ho dato tutto ciò che avevo senza lesinarmi, felice, addirittura incredula di esserne ancora capace. Ti ho amato ogni volta che ci siamo trovati dentro quel letto – il tuo, il mio o uno qualunque – e mi hai fatta gridare, ridere, singhiozzare di piacere puro e profondissimo. Eravamo l'una dell'altro. Siamo stati insieme, siamo stati in due e tutto il mondo all'inferno, io e te per lunghi interminabili istanti di passione. Non ho mai rischiato di perderti perché non ho mai cercato di averti. Ero con te, quando c'ero, e questo mi bastava. La tua spontaneità, la tua presenza, la tua gioia mi hanno riscaldato il sangue e le notti. Sei stato calore e pienezza, qualcosa a cui avevo dovuto rinunciare per lungo tempo.

Ecco, questo avrei voluto dirgli quella sera.

Questo gli direi anche adesso se fosse qui. Ma dubito che se lo farebbe bastare. L'amore ci spinge a fare progetti, a desiderare altro e sempre di più, ci fa perdere di vista la realtà, ci trasporta lontano, mentre è soltanto nel presente che può crearsi quell'emozione pura e totalizzante che diciamo *passione*, quell'istante sospeso e irripetibile che ci rende unici l'una per l'altro.

Lo scoppio di un motore mi riporta bruscamente alla realtà.

Riconosco il motocarro del pescatore che caracolla lungo la strada pietrosa, tutta in salita, e raggiunge il retro della casetta. Non mi ero accorta che fosse già l'ora di pranzo.

Inforco gli occhiali da sole, mi abbasso il cappello sulla testa, lego un po' più stretto il nodo del pareo.

Vado a raggiungerlo.

Ios, 6 luglio 2002

Il pesce sfrigola nella vecchia padella annerita, solleti-candomi le narici. Non credevo di avere appetito. Spargo le erbe aromatiche acquistate in paese e un po' di sale.

– Accomodati – dico al ragazzo che, in piedi alle mie spalle, osserva ogni mio gesto in silenzio.

Allora lui si riscuote, si siede al tavolo, si prodiga a stappare la bottiglia di vino bianco che ha portato e che abbiamo seppellito nel ghiaccio perché si raffreddasse. Gli lancio un'occhiata di sfuggita: ha gesti calmi e misurati. Sembra intento a fare ogni cosa con cura, a comportarsi come si deve, quasi fosse in visita ad una vecchia zia petu-lante. Quando lo raggiungo con la padella lui si alza di scatto, sposta la mia sedia, cerca di aiutarmi con gesti ner-vosi. Sorrido: la sua esasperata cortesia mi intenerisce e non sono più pentita di averlo invitato a restare per il pran-zo.

– Così i tuoi sono partiti – commento servendogli il pesce e l'insalata di pomodori e olive nere.

Lui posa la forchetta per rispondermi, quasi dovesse concentrarsi.

– Soltanto per un paio di giorni – chiarisce.

– Lo fanno spesso, per rifornirsi in continente oppure, a volte, per andare a trovare la nonna anziana. –

Annuisco, assaporando la carne bianca e croccante intrisa di erbe profumate.

Lui mi versa altro vino, mi sorride, poi abbassa gli occhi sul piatto con pudore. È molto gentile, e molto più affabile di quel che avrei immaginato conoscendo il padre, così severo e di poche parole. Chissà per quale improvviso istin-to l'ho invitato a restare con me. Quando è arrivato, sor-prendendomi con la sua solare gioventù, non stavo certo soffrendo di solitudine, né mi annoiavo. In caso contrario avrei sempre potuto scendere fino al paese e pranzare in una trattoria del porto. No, è stato evidentemente qualcos'altro a strapparmi l'invito. Il suo sorriso credo, così limpido e innocuo, e la sua genuina curiosità; forse quell'infantile desiderio di un incontro diverso, magari a lungo fantasticato.

– Mio padre dice che si fermerà per tutto il mese o anche di più – azzarda garbatamente.

– Mm, è probabile, sì – gli rispondo.

Lui scuote la testa scura e ricciuta.

– Che c'è? – domando stupita.

– Oh nulla, non può farci che piacere. A tutti noi – specifica.

– Mi domandavo soltanto com'è possibile che una donna giovane e attraente come lei abbia voglia di starsene in questo luogo disperso tutta sola, e così a lungo. –

Lo guardo sorpresa: il ragazzino non è poi così ingenuo come vorrebbe lasciar credere!

– Un periodo di solitudine, scelta e programmata, può fare molto bene a chiunque, credimi. E a qualunque età. –

Lui alza le spalle.

– Se lo dice lei... –

Non ha l'aria di credermi, nonostante le sue buone maniere, e questo mi diverte. Ma non insiste. Quindi versa altro vino per entrambi, finisce il pesce e l'insalata, poi si alza per portare in tavola un grosso grappolo d'uva bianca appena lavata. Si sistema meglio sulla sedia, allungando le gambe magre e abbronzate sotto il tavolo, fino a sfiorarmi distrattamente le caviglie. Poi prende un acino e se lo fa scoppiare tra i denti, sorridendomi beato. Un po' di succo gli cola lungo il mento glabro senza che egli faccia un gesto per ripulirsi. Mi guarda. I piccoli denti brillano tra le labbra carnose.

Allora d'un tratto mi accorgo di quella luce in fondo agli occhi, che mi ha attratta subito al suo arrivo, ma che forse troppo frettolosamente ho interpretato come semplice curiosità adolescenziale. E dentro quella luce, inequivocabile, vi scorgo l'istinto di un uomo.

Ios, 10 luglio 2002

Verso le nove di sera le ombre cominciano ad allungarsi attorno alla casa. I gabbiani si posano in alto sulle rocce, da dove osservano gli ultimi sanguigni raggi di sole scomparire all'orizzonte. Dal mare sale una frescura rigenerante. È l'unico momento della giornata in cui capita che senta nostalgia di un altro essere umano, con cui potrei discorrere e fare progetti. Allontanata la canicola diurna il mio corpo pare risvegliarsi, recuperare vigore e tonicità. La mente si snebbia dalla morsa afosa di un sole implacabile. Respiro i profumi delle erbe che circondano la casa, immaginando incontri ed eventi nelle costellazioni adagiate sopra il mare. Fantastico a lungo prima di aprire il libro di turno e iniziare a leggere alla luce delle candele al limone, da cui gli insetti della notte si tengono prudentemente alla larga. È così che passo le mie serate sull'isola. Ed è questo, dunque, che mi aspettavo anche la notte scorsa: la brezza odorosa, il ritmico respiro del mare, la vastissima volta ellenica punteggiata di stelle.

Antonio è arrivato quand'era già buio, preceduto dal rumore scoppiettante della sua moto, ed esibendo un contagioso sorriso.

Depone un cestino di fichi sul tavolo accanto alle candele e rimane lì a fissarmi, forse dubitando dell'accoglienza che gli riserverò.

Poso il libro. Non sono certa di gradire questo genere di sorprese, ma come farglielo sapere senza sciupare il suo muto entusiasmo?

– Grazie – gli dico, per i fichi.

– Ma non c'era fretta. Avresti potuto portarmeli domani con il pesce fresco. –

Lui alza le spalle.

– Avevo voglia di prendere un po' d'aria – risponde.

– E di un bagno notturno. –

Sì, è stata una giornata caldissima, ne convengo. Ma, si tratta forse di un invito?

Poi mi lascio tentare dal suo dono. Spacco un fico a metà e immergo le labbra nella polpa rossa e carnosa. Il ragazzo sembra approvare soddisfatto.

– Sapevo che li avresti graditi, li ho appena colti – mi dice.

– Per te. –

Quindi allunga la mano per raccogliere sulla punta delle dita la polpa che mi è sfuggita lungo il mento. Mi ritraggo istintivamente, come sfiorata nella carne viva, poi esito. Lui non allontana la mano. Col polpastrello mi sfiora le labbra lentamente, mi accarezza gli angoli della bocca, che schiudo senza accorgermene, quasi rispondendo ad un segreto richiamo.

– Scendiamo a fare un bagno? – sussurra con voce roca, improvvisamente più sicura e matura.

Non so di preciso cosa mi sia passato per la testa in quel momento, ma credo di averla considerata l'occasione ideale per togliermi d'imbarazzo allontanandomi dalle sue mani.

Così prendo il costume appeso sui fili dietro la casa, salgo con lui sulla moto e partiamo senza ripensarci verso la baia sottostante. Nel buio spingo il viso contro l'aria fresca della notte in cerca di sollievo e, nel contempo, non posso evitare di aggrapparmi con forza alla schiena del ragazzo, tentando di mantenermi in equilibrio durante quella corsa spericolata lungo la strada scoscesa. Percepisco la sua pelle, bruciante come dopo una lunga esposizione al sole, la potenza dei muscoli levigati e tesi sotto la camicia leggera e in quel momento, per la prima volta, la mia mente è attraversata dalla consapevolezza che Antonio non può avere più di diciott'anni. Spalanco gli occhi nel buio: che ci faccio io aggrappata a quel ragazzino intraprendente in una limpida notte d'estate?

Ma non ho tempo di cercare una risposta plausibile.

Antonio frena all'improvviso, prima che mi renda conto di essere sulla riva del mare. La piccola baia, protetta su tre lati dalle alte rocce, risplende sotto la luna come una gemma incastonata nel buio.

Smontiamo e ci avviamo sulla sabbia umida, a piedi scalzi, lui davanti a me che fa strada e sembra impaziente. In un attimo infatti si libera di ogni indumento e si tuffa in acqua.

– Avanti, che aspetti? – grida dal buio iridescente.

Poi come un pesce si immerge sollevando alti spruzzi. Ancora confusa io ne approfitto per spogliarmi in fretta, ma proprio quando sto per indossare il costume da bagno ecco che lui riemerge a pochi passi dalla riva. Mi tende una mano, stillando acqua come un affascinante tritone, facendomi sentire assolutamente fuori luogo con quel bikini ancora alle caviglie. Rassegnata lo abbandono sulla sabbia e senza più pensarci raggiungo il mio bellissimo dio pagano tra le onde scure.

La sensazione di refrigerio è immediata e mi spinge ad abbracciare Antonio con gratitudine per quell'idea fantastica. Nuotiamo fino al largo, fianco a fianco come delfini, liberando in potenti bracciate tutta l'energia che ci formicola sotto la pelle. Poi scivoliamo in acque più basse e ci lasciamo galleggiare sulla superficie delle onde, godendoci le sapienti carezze del vento e della luna. Finché silenziosamente Antonio emerge alle mie spalle, il volto accostato al mio, la mani sui seni. Cerco di riportare i piedi sul fondo ma lui mi ferma.

– No, non muoverti – sussurra al mio orecchio.

– Lasciati cullare dalla risacca. Non è bellissimo? –

Dovrei avere un bel coraggio per negarlo. Quindi non rispondo e lui, rassicurato, si fa avanti. Le sue labbra mi sfiorano le orecchie, il viso, le spalle. Mi accorgo che si sta lasciando accarezzare il petto dai miei capelli, fluttuanti nell'acqua come i tentacoli di una medusa. Poi fa scivolare le mani sotto i miei seni, che stringe e solleva in una muta offerta alla luna.

Avverto distintamente l'irrigidirsi dei capezzoli, la pelle che rabbrividisce, l'istintivo inarcarsi della schiena.

– Sst, lasciati andare – sussurra ancora lui, cullandomi insieme al mare.

Le sue dita raggiungono calme il mio ventre, poi le cosce e le gambe alla deriva come alghe. Mi sfiorano le natiche, riemergono, si tuffano avide nel triangolo dischiuso, tra le pieghe del sesso gonfie e cedevoli, finché l'iniziale rilassamento non si trasforma in acuto desiderio. Così mi volto, puntello i piedi nella sabbia e mi spingo contro il suo petto. Gonfio e liscio il suo sesso fende l'acqua appena sotto la superficie. Lo abbraccio, andando incontro a quel piacere sicuro, mentre lui mi solleva le gambe e mi attira sopra i suoi fianchi. Agevolato da quella leggerezza subacquea lo sento scivolare dentro di me, profondamente, e colmarmi d'un piacere puro e sereno. Il suo grido riempie la notte. Mi morde una spalla, mi afferra i capelli, mi spinge indietro la testa per baciarmi le labbra salate. Ed io mi perdo in quegli occhi bui come la volta celeste che ci accoglie.

Non so quando ci trasciniamo fino a riva. Lui sopra di me, arenato nell'acqua tiepida, visita la mia grotta come pesce tropicale. E io lo accolgo, ormai liquida quanto le onde in cui sono immersa, accesa dal ritmico strofinio

della sabbia sotto il mio corpo e dal vigore di quel ragazzino inesauribile.

Sopra di noi un mantello di velluto trapunto di stelle.

I ricordi ormai lontanissimi e superflui.

Ios, 20 luglio 2002

Lui arriva ogni sera con doni rigogliosi appena colti nell'orto di famiglia.

Il padre non lo vedo più.

Non so quali scuse abbia inventato per poterlo sostituire nel quotidiano viaggio in cima alla scogliera. Non mi importa scoprirlo.

Arriva quand'è già buio, in moto, col sacchetto delle verdure o qualche pesce, e il suo irresistibile sorriso. Posa il cibo in casa e poi mi raggiunge di fronte al mare. Io non mi muovo. Ogni volta mi dico: ora gli parlerò. Gli spiegherò che un giorno di questi deciderò di tornare in Italia e dunque non è il caso che sprechi tutte le sue serate con me. Poi però lui mi appoggia le mani sulle spalle, in silenzio, e si china a baciarmi il collo, la nuca, sollevandomi i capelli delicatamente. Io mi godo la frescura delle sue labbra sulla pelle riscaldata dal sole e ripeto tra me: tra un minuto. Tra un minuto gli parlerò con calma e ci chiariremo. Intanto sento le sue mani scivolare sotto il pareo, raccogliere i miei seni nei palmi e stringerli con impazienza. La sua bocca si fa vorace, i gesti febbrili. Sembra all'improvviso incapace di contenere un'energia che deve essergli lievitata dentro per tutto il giorno. È giovane e maldestro, ma mosso dalle migliori intenzioni. Vuole farmi stare bene, è evidente.

Così mi trascina sull'erba sollevandomi tra le braccia come una porcellana preziosa. Mi adagia dolcemente, mi guarda e pare incredulo. Poi scivola sopra di me. Slaccia il pareo con le dita che tremano e sussurra: – Sei così bella! –

Sembra un bambino di fronte ad una torta di panna. Infatti si tuffa tra le mie gambe e mi divora a piccoli morsi, geme di piacere e impazienza.

Non è necessario che faccia nulla.

Lui vuole soltanto che gli conceda il lusso di darmi piacere. Così immergo le dita nei riccioli irrigiditi dalla salsedine, respiro l'odore della sua pelle cotta dal sole e dal-
l'acqua di mare, mi abbandono alle sue cure e alle mie più
elementari sensazioni. È così facile cedere a quell'istinto
primario, godere di un unico istante sospeso tra le onde e
le stelle come un sogno di mezza estate.

Ios, 21 luglio 2002

Sì, ora mi accorgo di quanto è stato semplice. Ho sostituito un uomo con un ragazzo. Antonio ha meno esigenze, infatti, meno aspettative di Saverio. A lui basta trovarmi qui ogni sera, avermi tra le braccia, amarmi e lasciarsi amare nella brezza notturna. Non chiede nulla di più di ciò che voglio dargli: istanti e sussurri.

Al mattino io torno ai miei impegni. Incollo conchiglie, leggo, nuoto, scrivo queste pagine spinta dall'abitudine ormai, più che da una reale esigenza. È quello che cercavo. Potrei stare qui per sempre, depurandomi dai ricordi e da ogni residuo di vita precedente come una conchiglia esposta al sole di mezzogiorno. Il tempo scandito da albe e tramonti è già diventato irreale.

Antonio viene ogni sera, puntualmente. Niente turba i nostri ritmi.

È una vita semplice e innocua, che non solleva polvere o fantasmi, che si lascia consumare lentamente.

È indolore.

Per questo tanto allettante.

Ios, 30 luglio 2002

Alcune notti fa ho fatto un sogno. Mi trovavo in cima ad una montagna molto alta. Ero sola e si stava avvicinando una tempesta. In lontananza, nel cielo, vedevo le nuvole nere e gonfie farsi avanti minacciose. L'aria era immobile e pesante, una cappa umida che toglieva il respiro.

Le immagini sono tuttora vivide nella mia mente.

Mi vedo presa da una grande frenesia e da un incombente senso di pericolo, mentre mi precipito a sbarrare porte e finestre della mia casa di legno, a gettare un secchio d'acqua sulle braci nel camino. Poi esco all'aperto. Alle mie spalle il temporale avanza squarciando il cielo coi primi lampi di luce.

Barcollando mi incammino veloce giù per il sentiero che porta a valle, col cappello di tela cerata calcato sulla testa, voltandomi indietro ogni pochi passi, come fossi inseguita. Ma proprio perché non tengo gli occhi sulla strada pietrosa d'un tratto inciampo. Ruzzolo a terra senza un gemito, precipito per alcuni metri oltre il ciglio nell'erba umida e sprofondo in un avvallamento del terreno. Non mi sono fatta male, ma ho il fiato corto, le mani graffiate. Mi rimetto in piedi subito, recupero il cappello volato via e proprio in quell'istante mi accorgo della valigia. È verde, di foggia antiquata, molto consunta: evidentemente l'ho portata con me senza nemmeno accorgermene. Nella caduta deve essermi sfuggita di mano e ora giace nel prato, con le cerniere rotte. Incuriosita, quasi non si trattasse di una cosa mia, mi avvicino e cautamente la apro. Non ho la minima idea di cosa possa contenere ma certo non mi aspetto quello che mi trovo sotto gli occhi, cioè null'altro che sabbia e conchiglie. Sabbia di mare sicuramente, bianca e soffice, asciutta, e tante conchiglie diverse, che sfioro con le dita affascinata.

All'improvviso il rombo d'un tuono mi riporta alla realtà e alla brusca consapevolezza di aver scordato qualcosa nella casa, qualcosa di più importante senz'altro del contenuto della valigia. Mi precipito di nuovo sul sentiero e questa volta prendo a correre affannosamente, percorrendo la salita tra i primi scrosci d'acqua e lunghe folate di vento rabbioso.

Cerco di fare più in fretta possibile, mossa da chissà quale urgenza, e quando giungo alla casa la tempesta sta ormai imperversando. Non mi dirigo però verso la porta d'ingresso, ma svolto decisa sul retro. Raggiungo la piccola stalla accompagnata da un concerto assordante di lampi e tuoni e, senza esitare, spalanco la porta di assi inchiodate. Niente nel sogno sembra annunciarmi lo spettacolo che mi trovo di fronte. L'impatto è tremendo e mi fa accapponare la pelle. Gli agnellini infatti sono tutti morti, sgozzati, e giacciono l'uno sull'altro nella paglia intrisa del loro stesso sangue.

È un incubo.

Spalanco gli occhi nel buio, immersa in un'afa soffocante, tra lenzuola fradice di sudore. Mi alzo dal letto barcollando, ancora mezza addormentata, ma impaziente di scrollarmi di dosso le vivide immagini del sogno. A tentoni spalanco la finestra in cerca d'aria e subito vengo investita dalla luce accecante di un fulmine. Boccheggio nella notte più cupa.

Da nord si sta avvicinando una tempesta.

Ios, 6 agosto 2002

Ecco, così sono andate le cose.

L'incubo ha funzionato come un lampo di luce in una notte che andava prolungandosi più del necessario. Il mio istinto è sempre stato all'erta in effetti, e d'abitudine vede più in là di quello che alla ragione è comodo mostrare.

Ma non siamo tutti un po' così? Sempre pronti a fornirci spiegazioni e scuse, a giustificarci, spesso soltanto nel tentativo di proteggerci da ciò che ancora non conosciamo e che, inevitabilmente, per questo ci spaventa.

La mattina dopo la notte di tempesta ho recuperato il biglietto di Saverio, quello che diceva "non rinunciare ai tuoi sogni", e mi sono accorta di quanto ci ero andata vicina a quella possibilità. Anzi, non solo stavo rinunciando a ciò che desideravo ma mi ero costruita un luogo ideale, limpido e sterile, in cui quei desideri non avessero diritto di cittadinanza, né la più remota possibilità di sopravvivere.

Il mare e il sole, la luce accecante di quell'estate solitaria avevano sbiancato i ricordi e alleggerito i giorni, ma a quel punto rischiavano di inaridire anche il futuro. Un futuro che non poteva essere fatto soltanto di sabbia e conchiglie.

In navigazione, 14 agosto 2002

Sulla nave che mi riporta a Brindisi, affacciata al ponte superiore dove l'aria si carica di tutta la forza e l'energia del mare aperto, tolgo dalla borsa la scatola rivestita di conchiglie che mi ha regalato Antonio, ieri sera, prima di lasciarci.

È una sua creazione, un paziente mosaico di minuscole conchiglie rosa, scelte tra migliaia di altre, incollate l'una all'altra perché compongano il disegno di una stella.

– Ci ho messo dei mesi per completarla, prima di incontrarti – mi ha detto.

– Ma nell'isola il tempo libero non manca. –

Poi mi ha confidato il suo segreto proposito: ha deciso di lasciare il suo paese, di trasferirsi nel continente, di viaggiare e scoprire cosa vuole fare da grande.

– Questo luogo è un paradiso – ha detto gettando un'occhiata innamorata giù per la scogliera fino all'orizzonte infuocato.

– Ma con te ho scoperto che c'è dell'altro. –

Ci siamo abbracciati e baciati, leccandoci dalle labbra l'inconfondibile gusto del mare e del sole, ma già sentivamo di essere distanti.

Perché la passione è questo: la luce di una stella che illumina un istante perfetto e irripetibile, ma che è inutile tentare di afferrare: quando ci raggiunge e ci sfiora è già lontanissima, ormai spenta.

Brindisi, 15 agosto 2002

Davvero non ho idea se Saverio sarà ancora disponibile per me. Se i suoi sentimenti nei miei confronti siano mutati o meno in questi mesi di lontananza. Ma l'unico modo per scoprirlo è quello di andare da lui e chiederglielo.

E questa volta non tenterò di proteggermi ponendo limiti e condizioni.

Non mi farò scudo del passato per tenerlo a distanza.

Non è così che funziona, che ci si protegge dal dolore.

So che correrò dei rischi accettando i suoi sentimenti e i miei, così profondi ed evidenti a questo punto, ma non credo che esistano alternative, che ci si possa esimere dal mettersi in gioco. Non quando si sceglie di conservare i sogni per tentare di realizzarli.

Se la passione è una stella, che vive sfolgorante un tempo troppo breve per essere afferrato, l'amore è un pianeta, che al limite riflette la luce della nostra dedizione, ma che può vivere millenni, ruotando solido e vasto sul suo asse, pronto ad accogliere i sogni e i desideri di una vita intera.

Un abito nero e molto scollato, il più costoso che Agata abbia mai posseduto, imprevisto regalo dell'ultimo mese.

Un passerotto di biscuit che non le è mai piaciuto.

Un fico d'india di marzapane ormai mummificato.

Il foulard con cui la bendava.

Un orologio col quadrante scuro e iridescente, per misurare la notte.

Un'orchidea avvolta in carta velina offertale al tavolo di un ristorante elegante.

La cravatta di Saint-Laurent, quella turchese a fiori gialli, che lui indossava quando si conobbero, in quel giorno di pioggia.

Un'inquietante "Andromeda" di Tamara De Lempicka, falsa senz'altro, ma eloquente sulle sue intenzioni.

La scatola di fiammiferi di un locale parigino: Le Chat Blue.

Un paio di luccicanti manette senza più la chiave.

Una poesia di Cardarelli e una canzone di Iglesias, che ascoltava da sola.

È strano, credeva di aver dimenticato, e invece il tempo si è rarefatto in tanti oggetti inutili che scandiscono le settimane, i mesi e tutto il vissuto. Oggetti legati ad immagini, suoni e odori, che d'un tratto liberano i ricordi sciogliendo i nodi più stretti.

– Sei anni – ricorda Agata a se stessa.

Ancora non riesce a crederci. Respira profondamente, come fosse stata rinchiusa in un luogo buio e angusto per tanto, troppo tempo. Poi senza esitare raccoglie tutta quella paccottiglia e se ne libera, perché il passato deve pur essere superato, non può paralizzare un'intera esistenza incistandosi nei giorni come un malanno.

È serena: butta gli oggetti e conserva i giorni.

Adesso può finalmente guardare avanti.
E d'ora in poi viaggerà leggera.

fine

Passione sospesa

PIZZO NERO

Sophie Danson LA TRAPPOLA DEL DESIDERIO
Sul suo computer, appaiono messaggi inquietanti che la coinvolgono in bizzarre relazioni erotiche.

Saskia Hope NO LADY
La trentenne Kate si lascia trascinare dal suo desiderio di avventure erotiche, oltre ogni limite.

Frederica Alleyn IL TORMENTO DI CASSANDRA
Un nobile inglese coinvolge in un triangolo familiare la giovane bambinaia Cassandra.

Cleo Cordell PRIGIONIERA DEL SESSO
Due donne francesi ospiti di un algerino scoprono l'estasi del piacere nel dolore.

Cleo Cordell SENSI INCANTATI
Due prigioniere in un harem in Algeria, vivono esperienze di erotismo estremo.

Fleur Reynolds ODALISCA
Intrighi familiari, depravazione nel mondo della moda. Una storia di rivalità e amori contro natura.

Francesca Mazzucato LA SOTTOMISSIONE DI LUDOVICA
Uno strano incontro farà scoprire a Ludovica il piacere del dolore e dell'umiliazione.

Lisette Alleyn GLI AMORI DI ELENA
Elena, una bella sassone, ospite di un convento, viene catturata per soddisfare i piaceri selvaggi di un Lord inglese.

Francesca Ferreri Luna SINGOLA VENTOTTENNE, con marito noioso e pedante corrisponderebbe preferibilmente con coppie e singole. Una storia vera vissuta in prima persona.

Chiara Pedrotti IL LIBRAIO
Si avvicina con una scusa al libraio che la conduce tra i libri erotici. E' lì che nascono i primi desideri.

Georgia Angelis L'ARMA DI BELLA
Una avvenente ragazza, in un viaggio ai Caraibi, da sola affronta i desideri di molti uomini.

Patrizia Romagnoli SEGNI E SENSI
L'amore di un'astrologa verso due uomini.

Patrizia Finucci Gallo - Francesca Mazzucato SEXUAL
Le fantasie sessuali degli italiani, le fantasie erotiche maschili.

Cleo Cordell COLOR PORPORA
Una avvenente nobildonna usa il proprio fascino e la propria femminilità per infliggere punizioni ai suoi amanti.

Passione sospesa

Sarah Hope-Walker IL PREZZO DEL PIACERE
Una donna che ha tutto dalla vita, viene iniziata da un intrigante amante al piacere della dominazione.

Alina Rizzi AMARE LEON
Il diario di una donna, giovane e bella, trascurata dal marito, che racconta senza pudori il risveglio del proprio corpo.

Francesca F. Luna IL GIOCO DEL VENTO E DELLA LUNA
Un'inquieta trentenne decide di provare la trasgressione.

Frederica Alleyn IL BRACCIALETTO
Kristina un agente letterario di successo alla ricerca di nuove esperienze erotiche.

Monica Bisighini DONNA TROPPO DONNA
Avventure e vizio in Costa Azzurra per un'intera estate.

Lorenza Ti DELLA PRIMA VOLTA E DI TUTTE LE ALTRE
Il racconto di una giovane donna, parole e gesti alla ricerca di emozioni.

Sarah Bartlett DONNE, SESSO E ASTROLOGIA
Una guida astrologica alla conoscenza dei segreti del desiderio e della sessualità femminile.

Patrizia Finucci Gallo GUAI SE LE DONNE SI TOLGONO LE MUTANDE
Un rapporto sulle fantasie erotiche femminili.

Anonimo Palatino IL CHIODO
Ottave erotiche per lui e per lei disposte secondo i segni zodiacali.

Barbara Pellegrino NICK @ MAYA
Le chat line di Maya diventano una fonte proibita di incontri ed esperienze non solo virtuali.

Malisa Longo COSI' COME SONO
Un romanzo, un ritratto di vita ambientato nello sregolato mondo cinematografico.

Francesca Mazzucato IL DIARIO DI CARMEN
La scandalosa vita di una donna incontrata in un privé.

AA.VV. IMPROVVISAMENTE, HO VOGLIA DI FRAGOLA
I migliori racconti di letteratura erotica tratti da Progettoxé.

Paola Enrica Sala IL TEMPIO
Un giornalista scopre che la donna dei suoi turbamenti è un'entità dominante del Tempio.

Francesca Mazzucato TRANSGENDER GENERATION
Una storia erotica del terzo millennio che cerca di esplorare i confini delle identità sessuali.

Passione sospesa

Lucia e Viviana Vanzati VIVIANA
Un romanzo. Una storia d'amore incandescente senza confini tra Viviana e Lucia.

Rosanna Fine PERFETTA CONGIUNZIONE
Una storia intrigante, geniale, una specie di Decamerone erotico con atmosfera esotica e orientaleggiante.

Paola Enrica Sala STATI DI DEVOZIONE
Un gruppo di donne di raffinata bellezza accomunate dal piacere della sottomissione.

Alessia Di Giovanni DENTRO DI ME
Una scelta di vita importante, raggiunta ripercorrendo i ricordi di un intenso passato erotico.

Eugenia Romanelli TROP MODEL
Gli incontri amorosi di una modella con i personaggi noti della nostra società.

Gianna Lojodice LE TENEREZZE DI GIANNA
Una prostituta come si definisce. Come altro potrebbe essere chiamata? Eppure si definisce diversa. Sono molto di più.

Teresa Giulietti LA MERCENARIA DEI SOGNI
Una bella e giovane studentessa, vive la passione con l'ingenuità dei suoi anni e il coinvolgimento di essere donna.

Milena Villa BOLERO
Una musicista che già conosce la passione dello spirito imparerà a conoscere la passione del corpo.

Giliana Azzolini STORIE EROTICHE
Un romanzo le cui tinte misteriose attingono da un suo mondo interiore ricco di eros e spiritualità.

Lorenza Ti NELLA STANZA
Dietro l'immagine di una donna di successo, un dolore mai risolto. L'incontro con Mirit apre uno squarcio inaspettato; è l'inizio di un percorso che condurrà Cleo a capire quasi tutto, salvo un dettaglio.

Manuela Taddei LE MAIALINE ROMANTICHE
Le avventure erotico-sentimentali di un gruppo di amiche trentenni, single e precarie.

AA.VV. Il DOMINIO...
Racconti erotici bdsm

Silvia Rocca SGUARDO LETALE
Sullo sfondo sensuale dei Caraibi...

Anna Maria Pulvirenti AMORE IN CRONACA
Passione e amore sono i principali ingredienti di questo romanzo

Passione sospesa

Antonella Timpano L'ODORE DI ME STESSA
Una ragazza di ventisei anni, figlia di un ricco imprenditore, raggiunge un'amica per lavorare in un night club negli Stati Uniti. Sprezzante dei rischi e della morale si avvicina pericolosamente alla prostituzione.

Alina Rizzi PASSIONE SOSPESA
La storia di una donna che conosce gli uomini, la sensualità e il desiderio.

Per acquistare i
libri di Pizzo Nero:
nelle principali librerie, oppure inviare
direttamente all'editore il vostro ordine con allegato il
pagamento in contanti o assegno in busta chiusa per
posta prioritaria a:
Borelli editore
via Cardinal Morone,21 41100 Modena
telefono/fax 059 222244
borellieditore@pizzonero.com – edtbrr@tin.it
www.pizzonero.com

Passione sospesa

1	La Trappola del desiderio	copie	....	€	7,80
2	No Lady	»	....	€	7,80
3	Il Tormento di Cassandra	»	....	€	7,80
4	Prigioniera del sesso	»	....	€	7,80
5	Sensi incantati	»	....	€	7,80
6	Odalisca	»	....	€	7,80
7	La Sottomissione di Lud.	»	....	€	7,80
8	Gli amori di Elena	»	....	€	7,80
9	Singola ventottenne	»	....	€	7,80
10	Il Libraio	»	....	€	7,80
11	L'Arma di Bella	»	....	€	7,80
12	Segni e sensi	»	....	€	7,80
12b	Sexual	»	....	€	5,00
13	Color porpora	»	....	€	7,80
14	Il Prezzo del piacere	»	....	€	10,00
15	Amare Leon	»	....	€	10,00
16	Il Gioco del vento e...	»	....	€	10,00
17	Il Braccialetto	»	....	€	10,00
18	Donna, troppo donna	»	....	€	10,00
19	Della prima volta e...	»	....	€	7,80
20	Donne, sesso e astrologia	»	....	€	7,80
21	Guai se le domne...	»	....	€	7,80
22	Il Chiodo	»	....	€	11,15
23	Nick @ Maya	»	....	€	7,80
24	Così come sono	»	....	€	7,80
25	Il Diario di Carmen	»	....	€	7,80
26	Improvvisarnente ho voglia di...	»	....	€	7,80
27	Il Tempio	»	....	€	9,50
28	Transgender Generation	»	....	€	7,80
29	Viviana	»	....	€	9,50
30	Perfetta Congiunzione	»	....	€	9,50
31	Stati di devozione	»	....	€	10,30
32	Dentro di me	»	....	€	9,50
33	Trop Model	»	....	€	10,30
34	Le tenerezze di Giànna	»	....	€	10,50
35	La mercenaria dei sogni	»	....	€	10,50
36	Bolero	»	....	€	10,50
37	Storie erotiche	»	....	€	10,00
38	Nella stanza	»	....	€	10,00
39	Le maialine romantiche...	»	....	€	10,00
40	Il dominio del cuore	»	....	€	12,00
41	Sguardo letale	»	....	€	10,00
42	Amore in cronaca	»	....	€	10,00
43	L'odore di me stessa	»	....	€	10,00
44	Passione sospesa	»	....	€	10,00
45	Momenti	»	....	€	10,00

Inviare i libri a:

Cognome e nome ....

Via ....

Cap .... Città .... Prov. ....

Passione sospesa

INDICE